B. L. N°

Cat. deujou 1756.

LE SAGE VISIONNAIRE

TRAGI-COMEDIE.

Par I. D. B. I.

A PARIS,

Chez IEAN HENAULT, au Palais, dans
la Salle Dauphine, à l'Ange Gardien.

M. DC. XLVIII.

Auec Priuilege du Roy.

LE SAGE VISIONNAIRE

TRAGI-COMEDIE

Par D.D.L.

A PARIS,

Chez JEAN HENAULT, au Palais, dans
la Salle Dauphine, à l'Ange Gardien.

ACTEURS.

MISANDRE, Celebre Enchanteur.

DORANTE, Ieune Seigneur Cosmo-politain.

CYTHEREE, Fameuse Magicienne.

ZOSIME, Gouuerneur de Dorante, & frere d'Eudemon.

PAMPHILE, Confident de Dorante.

EVDEMON, Gouuerneur de Pamphile, & frere de Zosime.

PIRASTE, Ennemy de Zosime, & frere de Polemon.

POLEMONT, Ennemy d'Eudemon, & frere de Piraste.

ANDROMIQUE, Gentil-homme du voisinage.

CHRYSON, Intendant des Mines.

EVTIQVE, }
EVDOXE, } Esclaues de Cryson.

ASTREE. Reyne de Cosme.

HERMES, Ambassadeur.

ALIDOR, Ieune villageois.

CLEON, Pere d'Alidor.

VN LAQVAIS.

VNE OMBRE.

La Scene est à Cosme.

ACTEURS.

MÉGABISE, ... Orphée Ruthenteur.
[illegible], ... Cosmo
[illegible]
[illegible], ... Valère de Dorimée,
[illegible], ... Confident de César.
[illegible], ... Empereur de Pamphilie,
[illegible]
[illegible]
[illegible]
[illegible]
[illegible]
[illegible], ... Rose d'Albion,
LYVAIS,
[illegible]

Personnages.

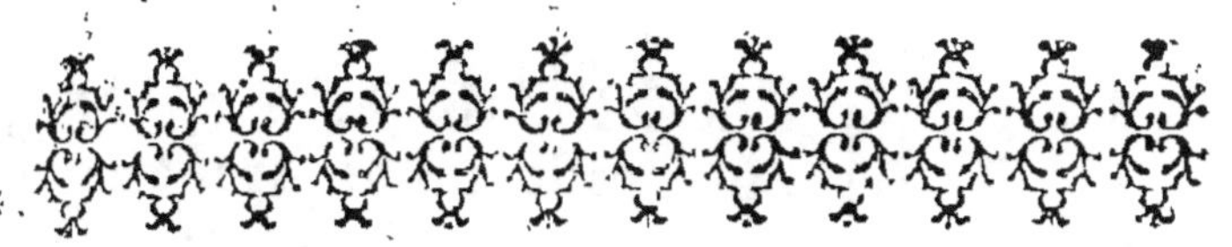

LE SAGE

VISIONNAIRE.

TRAGI-COMEDIE.

PROLOGVE.

LA VERITE'.

AINES illufions, en chantemens des
    hommes ;
Que vous en abufez, dans le Siecle
    oú nous fommes !
Que d'errears vous iettez dons les
    plus forts efprits !
Que voftre faux éclat en a defia furpris !
Helas ! à quoy me fert d'eftre fi naturelle,
Si fimple en mes atours, fi naïue, & fi belle,
D'auoir tant de franchife, & de fincerité ?
Enfin à quoy me fert d'eftre la Verité,
Sans fard, fans artifice, & prefque toute nuë,
Puis qu'auec tant d'éclat ie demeure inconnuë ?
Dans les plus fombres nuiſts ie porte le flambeau,
Ie découure aux humains tout ce qu'on voit de
    beau,
Ie leur fais difcerner les hiftoire, des fables,
I'eftale à leurs efprits des fecrets adorables ;
La fauffeté, l'erreur, & le déguifement,
Deuant moy, ne fçauroient fubfifter vn moment.

A iiij

Les Oracles Diuins passent tous par ma bouche;
Quiconque me peut voir, les comprend, & les
    touche.
Mille nœuds embroüillez, & mille questions,
Viennent prendre de moy leurs resolutions;
Les Doctes chaque iour m'offrent mille victimes,
Ils empruntent de moy leurs plus belles maximes;
Les plus rares esprits ont pour moy de l'amour,
Et ne prennent plaisir qu'à me faire la Cour.
Mais helas! tant d'attraits ne sçauroient satis-
    faire,
N'y l'illustre ignorant, n'y l'insensé vulgaire.
Mont teint trop delicat leur offense les yeux,
Et ma clairté leur est vn obiect odieux.
Vne beauté de plâtre, vne ieune fardée,
Indigne de paroistre, & d'estre regardée,
Rauit pourtant les cœurs, donne au monde la
    Loy;
Et trouue infiniment plus de credit que moy.
Si ie prens vne hute, elle emporte vne ville;
Si ie gagne vn amant, la trompeuse en fait mille;
Et pour vn qui me rend des honneurs immortels,
Les Royaumes entiers luy dressent des Autels.
Et quoy, seray ie donc à iamais méprisée?
Seraye-ie donc tousiours, la fable, la risee,
L'opprobre, & le rebut du vulgaire ignorant,
Qui laisse le vray bien, pour choisir l'appararant?
Mais d'où luy peut venir vne telle folie?
N'est-ce point que la chair tient l'ame ensevelie,
Dans le fonds tenebreux d'vne estroitte prison,
Et que le corps massif fait ombre à la raison?
Sans doute, c'est de là que ce mal-heur procede;
Il y faut promptement apporter du remede.
Et pour aller d'abord à la source du mal,
Il se faut souuenir que l'homme est animal,
Il a trop de matiere, & ie suis trop suptile:
Moins de perfections me rendroient plus vtile:

Ié veux m'accomoder à fon infirmité ;
Dieu mefme nous l'apprend, & veut eftre imité.
Cét Efprit fouuerain, de qui tout participe ;
Qui n'eft que de foy-mefme, & n'a point de
      principe ;
Cét Eftre, qui remplit tout ce que nous voyons,
Qui iufques aux Enfers, lance quelque rayons ;
Et qui, fans fe mouuoir, fait gronder le tonnerre,
Caufe des tremblement dans le fein de la terre,
Guide le cours des Cieux, lafche la bride au
      vent,
Et fait creuer les flots contre vn fable mouuant.
Bien qu'il foit le fupport de toute creature,
L'Efprit de l'Vniuers, l'Ame de la nature,
Et que tout ce qui vit, de moment en moment,
-Prenne de fa vertu, l'eftre & le mouuement :
Tandis qu'il eft porté, comme caufe premiere,
Sur les ailes des vents, dans fon char de lumiere,
Auec tout cét éclat, il le faut auoüer,
A peine trouue-t'il qui le daigne loüer :
Il eft quatre mille ans, fans que prefque vn feul
      homme,
S'empreffe de fçauoir mefme comme il fe nomme
Et feroit auiourd'huy, fans culte & fans Autel,
S'il ne fe fuft couuert d'vn corps foible, & mortel.
Quelques attraits qu'il euft, il eftoit impoffible
Qu'il fe fift des amans, qu'en fe rendant vifible.
Tous fes autres bien faits eftoient de vains appas.
Impuiffants, inconnus, & qui ne touchoient pas.
L'homme veut des objets façonnez à fa guife ;
S'ils ne frappent les fens, il faut qu'on les dé-
      guife ;
Veut il fe figurer le mouuement des Cieux ?
Il y forge des gonds, des cercles, des éffieux ;
Il marque des maifons à l'Oeil de la nature,
Il le fait promener autour d'vne ceinture ;
Chaque Aftre déguifé d'vne eftrange façon,

A v

Sous la forme d'vn Chien, d'vne Ourſe, d'vn
    Poiſſon,
Eſt contraint d'enfiler vne courſe, bordée
De cent monſtres diuers, qui ne ſont qu'en idée.
Le Poëte pouſsé d'vne ſaincte chaleur,
Montre aux yeux des objets qui n'ont point de
    couleur,
Et ce qui n'eut iamais ny forme, ny figure,
Vient ſouuent prendre vn corps, au ſein de la
    Peinture.
Ainſi pour obtenir que les pauures humains
Me puiſſent voir à l'œil, & toucher de leurs
    mains,
Ie veux de quelque voile obſcurcir ma lumiere,
Me rendre, ſi ie puis, ſenſible, & familiere,
Habiller mes ſecrets d'vn groſſier veſtement,
Leur donnere voix, parole, organe, & mouue-
    ment.
Ainſi les paſſions, la peine, les delices,
La fortune, l'honneur, les vertu, & les vices,
Et juſques aux Eſprits, ſous des corps emprun-
    tez,
Seront moins inconnus, ſeront moins rebutez,
Entreront par les ſens, iuſques au fonds de l'ame;
S'y verront entourez d'vne plus viue flame.
S'y feront mieux ſentir, ſous ces maſque diuers,
Et pour eſtre cachez, ſeront plus découuerts.

Fin du Prologue.

LE SAGE VISIONNAIRE.

TRAGI-COMEDIE.

ACTE I.

SCENE PREMIERE.

MISANDRE.

QVICONQVE me regarde en ce pau-
ure équipage,
Sans escorte, sans train, sans gardes, & sans Page,
Borgne, boiteux, manchot, diffor-
me, contrefait,
Et fol comme des maux que sont le monde fait;
Quiconque, en me voyant, iuge de l'apparence,
Qu'il apprenne aujourd'huy quelle est son igno-
rance
Qu'il sçache qu'on me sert, & m'honore en tout
lieu;
Et que tout l'Vniuers m'adore comme vn Dieu.
Tel que vous me voyez, i'ay pris au Ciel naissance,
Le Paradis Terrestre a connu ma puissance;

B

I'ay reduit sous ma Loy la plufpart des humains;
Et l'Ange criminel a pafsé par mes mains.
C'eft moy feul qui rauis l'innocence, & la grace,
N'en laiffant où ie fuis, ny veftige, ny trace.
C'eft moy qui puis ouurir d'eternelles prifons,
Et fermer pour iamais les celeftes maifons.
La mort a pris de moy fa faucille & fes fléches,
Ie porte tous fes coups, ie fay toutes fes bréches,
Et c'eft par mon moyen qu'on luy voit furmonter,
Ce qu'elle n'euft osé feulement affronter.
C'eft moy qui fis couler la premiere eftincelle
Dans le foulfre embrasé d'vne ardeur eternelle.
Quelle femme n'apprend par fes enfantemens,
Combien ie puis caufer de rigoureux tourmens?
I'ay femé tous les champs de ronces, & d'épines;
Les guerres, les poifons, les peftes, les famines,
L'orgueil, le defefpoir, la colere, l'effroy,
Et tous les autres maux, ne viennent que de moy.
Si le Ciel irrité, verfant onde fur onde,
Dans vn trifte deluge a noyé tout le monde;
Si l'on a veu pleuuoir des flâmes à torrents;
Si dans l'air on a veu des Cheualiers errants,
Et des monftres de feu liguez contre les Aftres,
Prefages de mal-heurs, de morts, & de defaftres;
Si ce bas Element n'eft qu'vn vafte cercueil,
Que tant de fombres nuits tiennent couuert de
     dueil;
Si la terre en defordre eft toute confonduë,
C'eft à moy feulement que la gloire en eft duë.
Sans moy, l'homme icy bas n'auroit point d'en-
     nemis,
Les fens à la raifon parfaitement foûmis
N'exciteroient iamais de ces fureurs brutales,
Qui n'ont que de l'excez, & des fuites fatales.
    Au refte, quelque mal que ie faffe aux mortels,
Sans ceffe leur encens brûle fur mes Autels;
Et i'ay beau les charger de fers, & de fupplices;

Plus ie leur fais de mal, plus i'ay de sacrifices.
Il est vray que de peur qu'ils ne soient rebutez,
Ie me couure souuent d'ornemens empruntez;
Quelquefois ie me cache au milieu des delices,
Le vin, l'amour, le ieu, me seruent de complices;
La ieunesse & le fard monstrant vn lustre faus,
Font vn masque agreable à mes sales défauts.
Tantost brillant en or, ie prend pour couuerture,
Tous les thresors de l'art, & ceux de la nature.
Ie me glisse souuent auec subtilité,
Sous le thrône éclattant de quelque dignité;
Ie me couure de tout, mesme des choses sainctes;
La priere fournit vn pretexte à mes feintes,
Le Temple y sert encore, & ie n'ay rien de tel,
Que de m'aller nicher quelquefois sous l'Autel
Ainsi pour me garder de rebut & de perte,
Ie ne parois iamais à face découuerte;
Et ma propre laideur n'ayant pas vn amant,
I'en sçay faire beaucoup par le déguisement.

SCENE SECONDE.

MISANDRE, ZOSIME, PIRASTE,

ZOSIME.

VA maudit imposteur, va monstre impitoya-
ble,
Cache au fonds des Enfers ce vif ge effroyable,
Hors d'icy mal-heureux, peste de la vertu,
N'infecte plus nos yeux, d'éloge, qu'attends-tu?

PIRASTE.

Reuien, mon cœur, reuien, mon amour, mon idole,
Pourquoy t'estonnes-tu d'vne vaine parole?
Tiens ferme, & mocque-toy de ce persecuteur:
Laisse faire à Piraste, il est ton protecteur:

Il peut exterminer ceux qui te font la guerre,
Et les precipiter au centre de la terre.

ZOSIME.

Fanfaron? sçais-tu bien, qui ie suis? qui ie sers?
Et que mon Maistre, & moy, te sçauons mettre
   aux fers ?

PIRASTE.

Ie ne le sçay que trop ; & c'est ce qui m'irrite.

ZOSIME.

Sçais-tu que le garçon commis à ma conduite,
Cét aymable Dorante, est l'amy, l'adopté,
Le fils, & l'heritier de cette Majesté ?
Sçais-tu que ce grand Roy le cherit, le caresse,
Et, pour ce qui le touche, à tel poinct s'interesse,
Qu'il en prend tout le soin ; & luy fait cét hon-
   neur
De luy vouloir donner luy-mesme vn Gouuerneur,
Que ie suis de sa main, pourueu de cét office ?
Et qu'on ne peut douter qu'il ne me soit propice?
Le sçais-tu ?

PIRASTE.

     Que m'importe! auec tous tes discours,
Ie seray plus puissant que ton foible secours,
Que ton Roy dépité renuerse sa couronne,
Qu'il mutine sa Cour, qu'il tempeste, & qu'il tõne
Misandre toute-fois ne s'éloignera pas,
Il sera chez Dorante, il comptera ses pas,
Et les rudes efforts que ton zele prepare,
Seront éuanoüis, auant qu'on les separe,
Dorante peut-il pas aymer ce qui luy plaist?
Donques, s'il veut aymer Misandre tel qu'i' est,
Par quelle loy du sort, & par quelle puissance,
N'auroit-il plus vn droit qui tient à son essence?
Il est né franc & libre.

ZOSIME.

                          Estrange liberté
De pouuoir s'engager dans la captiuité!
De seruir aux meschants d'esclaue volontaire,
Et se rendre le mal par son choix necessaire!

PIRASTE.

Heureuse liberté qui n'a point de lien!

ZOSIME.

Heureuse d'en auoir qui l'attachent au bien.

PIRASTE.

Nul ne peut estre heureux en souffrant la torture,
Et si le bien n'est libre, il change de nature.

ZOSIME.

Ignorant! dans l'estat de la felicité,
N'ayme-t'on pas le bien auec necessité?
Laisse t'il pour cela d'estre vn bien volontaire,
Encore qu'on n'ait plus le pouuoir de mal faire?

PIRASTE.

Cét estat de bon-heur, & de contentement,
Ne m'est qu'vne chimere, ou plustost vn tour-
    ment.

ZOSIME.

Meschant! Ose-tu bien, sans craindre l'anatheme,
De ta bouche d'Enfer vomir vn tel blaspheme.
Dieu du Ciel, iuste Iuge, & vengeur des humains!
A quoy sert ce carreau qui gronde dans tes mains?
Mais tu peux faire vn frein à ce môstre farouche,
D'vn signe, d'vn clin d'œil, d'vn souffle de ta
    bouche,
Auecque ton secours, auecque ton appuy,
Ie n'ay rien à douter, ie suis plus fort que luy,
Ie dompteray sa rage, & vaincray sa manie,

                                B iij

I'ay honte seulement d'estre en sa compagnie,
Et ne puis plus le voir, ny l'oüir sans courroux;
Ministres de Satan, allez, retirez-vous.
N'infectez plus mes yeux d'vn obiet si funeste,
Fuyez de ma presence, allez, ie vous deteste.

PIRASTE.

Va toy-mesme, impuissant, va tirer du danger
L'adopté de ce Roy, que tu veux proteger:
C'est là que ie t'attend, i'y cours en diligence,
Pour t'y faire sentir les traits de ma vengeance.

SCENE TROISIESME.

ZOSIME seul.

IMprudente ieunesse, helas! dans quel mal-heur,
T'engage ton excés de sang, & de chaleur!
Que ton âge est glissant! que ta cheute est facile,
Que tes vices sont forts, & ta vertu debile!
Ie te voy, cher Dorante à ma garde commis,
Nuit & iour inuesty de cruels ennemis,
Qui n'ont autre dessein que de perdre ton ame,
Luy faisant quitter Dieu pour vn plaisir infame:
Ie me ligue pour toy, ie prend ta cause en main,
Ie te veux ramener, mais helas! c'est en vain;
Tu n'entens pas ma voix, & ton ame insensée,
Laisse plustost entrer quelque noire pensée.
Tu n'as pour mes conseils que de l'auersion;
Tu ne suis que la chair, le sens, la passion.
Vn traistre, vn seducteur, vn ennemy perfide,
Te pert en t'essloignant de ton fidele guide:
Il court au precipice; aueugle tu le suis:
Ie te veux arrester; mais, ingrat, tu me fuis:
Funeste aueuglement, estrange ingratitude!
Qui se rit de ma peine, & lasse mon estude.
C'est ainsi que nos soins sont payez de mépris,

Et qu'on fait plus d'estat des plus malins esprits.
Mille autres , comme moy , forment la mesme
    plainte,
Souffrants du mesme mal, ou l'effet, ou la crainte.
Mais ie tarde vn peu trop, mon riual ne dort pas,
Il le faut preuenir : courrons-y de ce pas.

SCENE QVATRIESME.

DORANTE.

Est-ce le bon esprit, ou le mauuais genie,
Qui me fait si long-temps souffrir sa tyrannie ?
Ie vay, ie viens, ie cours, ie n'ay point de repos;
Ie prens mille desseins , & change à tout propos.
Mon ame a plus de flots qu'vne mer irritée,
De tempeste, d'orage, & de vents agitée ;
Mille obiets differens s'offrent à mon desir,
Ie veux, & ne veux pas; ie ne sçay que choisir.
Tantost le bien me plaist, & tantost il me fasche,
En vn temps ie suis prompt, en l'autre ie suis
    lasche;
Les delices, le ieu, l'amour, la libetté,
M'offrent du déplaisir , & de la volupté.
Ce qui flatte mes yeux émeut ma fantaisie,
L'appetit s'en ébranle , & l'ame en est saisie.
Mon desir, & mon cœur s'y portent iour & nuit:
Et puis, ie m'en dégoute , & trouue qu'il me nuit.
Quelque-fois la vertu me paroit toute aymable,
Son prix, & son éclat me semble inestimable,
Aprés, en moins de rien, mon esprit abbatu,
Trouue au vice vn appas, qui manque à la vertu.
L'vn a quelque douceur qui m'attire , & me
    charme,
L'autre par sa rigueur me rebutte, & m'allarme.
Il me semble par fois que i'ayme la pudeur,
B iiij

Mon ame à sõ aspect n'est que flâme, & qu'ardeur
Aprés, dans vn instant, son visage est farouche,
Et pour elle, mon cœur est plus froid qu'vne sou-
　　che.
Si bien qu'vn mesme objet me fait naistre en v
　　iour,
Le mépris, & l'estime, & la haine, & l'amour.
Ie veux enfin sortir de cette seruitude,
Ce sera désormais ma principale étude.
Ie ne puis plus souffrir tous ces desseins flottans
Ces demi-volontez ont duré trop long-temps.
Il faut prendre party, sans tarder dauantage;
Ou le chemin estroit, ou le libertinage,
Le vice ou la vertu, doiuent estre mon choix;
Tous deux? il ne se peut. Ou le monde, ou la croi
Le mõde? il est changeant, fourbe, plein d'artifice
Il n'ayme que l'excés, le desordre, & le vice;
Toute sa pompe est vaine, & ses plaisirs sõt creu
Ce qu'il montre est charmant, ce qu'il cache
　　affreus.
La croix? Elle est pesante, austere, insupportabl
Elle pique, elle blesse, elle charge, elle accable
Mais Dorante, aprés tout, à quoy te resous-tu?
Prens le monde, ou la croix; le vice, ou la vertu
Quoy? passer pour vn fat, ou bien pour vn sauuag
Faire flestrir sa chair, en la fleur de son âge?
Vieillir en sa ieunesse, & captiuer ses sens,
Sous vn ioug ennemy des plaisirs innocens?

SCENE CINQVIESME.

DORANTE, PIRASTE, CYTHERE
MISANDRE.

PIRASTE.

Viens-donc, approche-toy, fameuse Cythere
Prepare ton amorce, & ta couppe dorée,

Détrempe le venin de tes plus doux appas ;
Il est pris, si tu viens, il n'échappera pas.

CYTHEREE.

Dorante, mon mignon, dy-moy ie te supplie,
Quel mal-heur t'a plongé dans la melancolie ?
Quel trouble, quel ennuy, quel excés de douleurs,
Change ton vermillon en ces pâles couleurs ?
Pourquoy, dans le printemps d'vne verte ieunesse,
Preuenir les ennuis qu'apporte la vieillesse ?
Et sortir au deuant du mécontentement,
Comme si l'on craignoit qu'il vint trop lentemét ?
C'est à n'en point mentir, vne fureur extréme,
D'estre si preuoyant à se trahir soy-mesme,
Et de vouloir changer, pour de foibles raisons,
Le cours de la nature , & l'ordre des saisons.
Le temps, à chaque chose a donné ses limites ;
Mais celles du plaisir sont tousiours trop petites ;
Il faudroit les estendre ; & tu les retrecis,
Par de noires humeurs, & de fascheux soucis !
De grace, bannissons cette morne tristesse ;
Accordons quelque chose à ta delicatesse.
Tant de soins importuns ne sont pas à propos,
Ton âge n'a besoin que d'vn profond repos.
A quoy sert d'accuser nostre Mere Nature ?
Et de nous captiuer sous vne Loy plus dure ?
De changer ses bien-faits en de penibles maux,
Et ceder en ce poinct, aux plus lourds animaux ?
Les oyseaux parmy l'air, les poissons dedás l'onde,
Et tout ce qui se voit d'animé par le monde,
D'vn instinct naturel, montrent à leurs petits,
Comme il faut contenter ses diuers appetits.
L'homme n'est pas d'acier, ny de fer, ny de cuiure,
La nature a marqué le chemin qu'il doit suiure,
Elle seule a trouué les plaisirs de nos sens ;
Elle seule a failly, s'ils ne sont innocens.
Elle a fait ce Nectar qui coule de ma tasse,

B v

C'eſt vn fruict de ſa main, mais c'eſt vn fruict qu
    paſſe,
Et qui le plus ſouuent, ne ſe fait regretter
Qu'aprés qu'on a perdu la ſaiſon d'en goûter.
O celebre boiſſon, quinteſſance choiſie,
Plus charmante cent fois que toute l'ambroſie!
Fleur de miel diſtilé, rauiſſante liqueur,
Qui iette dans l'extaſe, & tranſporte le cœur!
Le ſçauant Epicure, & tous ceux de ſa troupe,
N'ont puiſé leurs ſecrets qu'au fonds de cett
    coupe ;
Les Monarques du monde y puiſent nuict & iour
Le bal, le ieu, le ris, le ſommeil, & l'amour.

DORANTE.

Tu le dis,

CYTHEREE.

            I'en reſponds, & pour t'oſter de doute,
Ie ne veux t'en donner qu'vne petite goûte.

DORANTE.

Refuſer ce preſent d'vne ſi belle main,
Seroit eſtre inciuil, & n'auoir rien d'humain.
Mais à dire le vray ta ſuite eſt déplaiſante,
Cét auortton d'Enfer donne de l'épouuante,
Et ie ne comprends pas ny pourquoy, ny commét
Vn ſi vilain Demon t'obſede inceſſamment.

CYTHEREE.

En quelque part que i'aille, il eſt de la partie :
Mais ne t'eſtonne pas de noſtre ſympathie,
S'il a quelque rudeſſe, & moy quelque douceur,
Il eſt pourtant mon frere, & moy ie ſuis ſa ſœur,
Quelque inſtinct de nature, ou d'amour nous aſ
    ſemble,
Par la meſme raiſon qui nous fit naiſtre enſemble,

DORANTE.

Enfin, quoy qu'il en ſoit, tu peux bien le chaſſer,

Ie serois temeraire, il n'y faut pas penser.
A moins que de perir, ie le doy laisser viure,
Et ne puis improuuer qu'il s'obstine à me suiure.
Si pourtant son aspect te donne tant d'horreur;
Ne le regarde pas. Au fonds ce n'est qu'erreur;
On a pour mon regard assez de complaisance;
Et puisque nous auons vne mesme naissance,
Il se faut assûrer, & croire sur ma foy,
Qu'il n'est ny plus malin, ny plus fascheux que
     moy.
Mais, pour te contenter, ie consens qu'il se cache.
Tien donques, boy vitement, auant qu'on te l'ar-
     rache.
Plonge tous tes ennuis dans ce doux élement:
Tu seras bien-heureux d'en gouster seulement.

DORANTE.

O charme nompareil ! ça que ie continuë?
Mais ie ne la voy plus ! qu'est-elle deuenuë ?
Tout ce contentement est-il desia passé ?
Ah la fourbe ! hé pourquoy m'a-elle delaissé?
Sont-ce-là de ses tours? est-ce donc sa coustume,
D'emporter la douceur, & laisser l'amertume ?
Il ne me reste rien de sa douce liqueur,
Qu'vn mordant aiguillon qui me picque le cœur!
O coupe ! ô volupté ! ta douceur est pareille
A celle que respand vne traitresse abeille,
Qui sur vn peu de miel, qu'elle fait sauourer,
Enfonce vn aiguillon, qu'on ne sçauroit tirer.
Mais n'importe : ma soif n'en est pas assouuie.
Ie veux encore vn coup en passer mon enuie.
Peut-estre qu'à la fin , beuuant plus à loisir,
I'y pourray rencōtrer quelque plus grand plaisir.

Fin du premier Acte.

ACTE II.

SCENE PREMIERE.

CYTHEREE , POLEMON , PIRASTE.

CYTHEREE.

IL n'est guere d'esprit d'vne trempe si forte,
Lors que ie l'entreprends , qu'à la fin ie n'em-
    porte.
Dorante auoit du cœur, il estoit resolu ;
Mais sur luy, maintenant i'ay l'empire absolu :
Il n'a pû resister à mes tendres caresses,
I'ay vaincu sa constance, à force de mollesses ;
Enfin ie le possede, il fait ce que ie veux,
Il se mire , il s'aiuste , il frise ses cheueux,
Mille petits galands, qu'aux frisons on attache,
Proprement ageancez , pendent à sa moustache,
Mille autres bigarrez de diuerses couleurs,
Autour de son chapeau , font vn cordon de fleurs
D'autres sous le pourpoint , au bas de la ceinture
Forment vne fantasque, & bizarre peinture.
Il se croit bien paré de ce vain ornement.
Et le nomme faueur.

PIRASTE.

Ne luy déplaise, il ment
Ce ne sont point faueurs, à qui le sçait entendre,
Mais vn signe asseuré, que la beste est à vendre.

POLEMON.

Ou qu'vn bout de ruban garrote cét oyseau.

PIRASTE

PIRASTE.

Ou qu'vn foible filet arreste ce fuseau;

POLEMON.

Ou que c'est vn Esclaue amoureux de sa chaisne,
Qui rit dans son mal-heur, & triomphe à la gesne.

CYTHEREE.

Il commence à sentir ie ne sçay quelle ardeur,
Qui n'a plus d'alliance auecque la pudeur.
Pour soy-mesme il est plein de vaines complai-
    sances,
Il vse de senteurs , il se laue d'essences,
Tout son meuble est musqué du parfum de ses
    gands.
Il orne ses discours de termes elegants,
Il adoucit sa voix , il traisne ses paroles,
De tous ses sentimens il en fait ses Idoles.
La pompe, l'or, l'argent , les habits precieux,
Luy rauissent le cœur , & l'esprit par les yeux.
Il fait desia le beau, le mignon, l'agreable,
Ses soins plus importans sont le lict & la table.
Le cours, le ieu, le bal, la scene, & les Romans
Luy sont plustost emplois, que diuertissemens.
L'Eglise luy déplaist , la priere le tuë;
S'il s'y laisse traisner, c'est à pas de tortuë,
Et ces illustres mots, honneur, vertu, deuoir,
Sont des termes fascheux, qu'il ne peut conceuoir.

PIRASTE.

Bon, bon, bon.

POLEMON.

Viue, viue à iamais Cytherée!

PIRASTE.

Que par tout l'Vniuers elle soit adorée !

C

LE SAGE VISIONNAIRE,

POLEMON.

Que par tout l'Vniuers on chante ſes vertus!

PIRASTE.

Que les plus forts eſprits ſoient par elle abbatus!

POLEMON.

Qu'elle entaſſe touſiours victoire ſur victoire!

PIRASTE.

Que par toute la terre on celebre ſa gloire!

POLEMON.

Que le ciel la redoute autant que nous l'aimons!

PIRASTE.

Elle ſeule fait plus que cent mille Demons!

POLEMON.

Elle a plus de pouuoir que tous leurs caracteres,
Et ſes enchantemés font de plus grands myſteres!

PIRASTE.

Enfer, prepare-luy des couronnes de prix !
Et vous chers alliez, trouppe de noirs eſprits,
Dites auecque nous, en chantant ſes loüanges:
Elle nous rend vainqueurs des hommes & des
    Anges.

POLEMON.

Dittes auecque nous, d'vn ton audacieux,
Elle remplit l'abyſme, & dépeuple les cieux!

PIRASTE.

Dittes auecque nous, d'vne voix de tonnerre,
Elle ſeule nous fait les Princes de la terre.

POLEMON.

Que par dés cris publics, & d'agreables chants
On prosne qu'elle sçait faire les bons, meschants.

PIRASTE.

Faire, d'vn innocent, vn infame coupable,
D'vn Sainct , vn reprouué, d'vn petit Ange, vn
diable.

POLEMON.

Monarque tenebreux, grand Maistre Lucifer,
Triomphe, si l'on peut triompher en Enfer.
Faïs nommer Cytherée,en ta Cour souueraine,
Inuincible Princesse, incomparable Reyne,
Dompteuse des Heros,des Conquerâts,des Roys,
Et, pour comble d'honneur, Abateuse de croix.

SCENE SECONDE.

ZOSIME.

O Croix, des saincts baisers de mon Maistre
honorée ;
On te met par mépris, aux pieds de Cytherée !
Toy, qu'vn homme diuin esleua de ses bras,
Beau Thrône,faut-il donc que tu rampes si bas?
Iustes cieux ! souffrez-vous qu'vn esclaue se ioüe,
D'vn Dieu de Majesté,comme d'vn Dieu de boüe?
Que le prix d'vn tel sang, soit ainsi profané,
Par vn sujet rebelle, vn perfide, vn damné ?
Faut-il donc endurer que cét esprit infame
Nous arrache des mains la conqueste d'vne ame?
Et que le temeraire ose-bien se vanter,
Que nostre Prince & nous , ne sçaurions le dom=
pter?
O ciel , ô croix , ô sang , ô Prince redoutable !

On vous braue? ô defordre, audace infupportable
GrandRoy, ne fçais-tu pas qu'ils font tes ennemis
Et que tout eft perdu, fi tout leur eft permis ?
Dorante, ô defplaifir ! Dorante en leur puiffance
Seigneur, ie t'en demande vne prompte vengeâce
Tu peux de mon bon-heur rendre l'Enfer ialoux,
Retirer ma brebis des pattes de ces loups,
Confondre leur malice, à fa perte efchauffée,
Et renuerfer fur eux leur infolent trofée.
Tu le peux, tu le veux, Seigneur, ie le fçay bien,
L'intereft que i'y prens n'eft autre que le tien.
Ie defens ton honneur, ie combas pour ta gloire,
Et fi ie fuis vaincu, tu perdras la victoire.

SCENE TROISIESME.

EVDEMON, ZOSIME.

EVDEMON.

A My, ie l'ay compris; le fecours n'eft pas loin
ZOSIME.
Eft-il vray?

EVDEMON.

Ie le porte.

ZOSIME.

Auffi i'en ay befoin
Noftre ennemy commun enforcelle Dorante,
Il le va faire entrer dans vne fiévre lente,
Sous couleur d'amitié, d'entretien, & de jeu,
Il irrite le mal, il fomente le feu,
Et porte le tifon d'vne infolente flame,
Iufqu'au fond de fon cœur.

EVDEMON.

O le traiftre, l'infame

Il le faut arrester, & luy faire sentir
D'vn iniuste dessein, le iuste repentir.

ZOSIME.

Il le faut arrester. I'approuue l'entreprise.
Mais !

EVDEMON.

Mais ie le puis faire, il laschera la prise.
Celuy que nous seruons sera nostre support.
Vois-tu, sur ce buffet, vne teste de mort ?
Ie veux, par cét objet, te ramener Dorante,
Esteindre en vn moment, son ardeur deuorante,
Le remettre en l'estat d'vne pleine santé,
Et le faire aussi bon qu'il ait iamais esté.

ZOSIME.

Fidele Compagnon, que tu promets de choses!
Le moyen d'accomplir tout ce que tu proposes ?

EVDEMON.

Le voicy. Ton ieune homme arriuant, tout pensif,
Agité de fureurs de son demon lascif,
Se trouuera surpris voyant ceste figure,
Et d'abord la prendra pour vn mauuais augure.
De cét estonnement, il faut prendre sujet,
D'accroistre sa frayeur, en grossissant l'objet.
Tu pourras aisément mouuoir sa fantaisie,
Que le trouble, & l'horreur auront desia saisie.
Tandis que me glissant plus viste que le vent,
Sous le corps emprunté d'vn squelete mouuant,
I'imiteray la voix, le geste, & la posture,
D'vn fantôme, qui sort de quelque sepulture.
Paroissant à ses yeux, sous ce déguisement,
Tu le verras soudain transi d'estonnement.
Il fera cent propos, ie feray cent menaces;
Ie donneray des coups, il receura des graces;
D'vn mal imaginaire, il n'aura que la peur;

Mon amour parestra sous cét habit trompeur ;
Et cette feinte mort, sera plus profitable,
Et fera plus d'effet, qu'vne mort veritable.

ZOSIME.

O saincte inuention !

EVDEMON.

Sera-ce deceuoir,
De ramener ainsi Dorante à son deuoir ?

ZOSIME.

O ruse ingenieuse ! vtile tromperie !
Diuin secret d'amour, plustost que fourberie !
Mais le voicy qui vient, ie l'entends souspirer.

EVDEMON.

Sans doute c'est luy-mesme, il se faut retirer.

SCENE QVATRIESME.

DORANTE.

COmme vn Cerf alteré, qu'vne meutte ob-
    stinée,
N'a laissé receler de toute vne iournée,
L'ayant tenu sur pied, en vn temps sec, & chaud,
Sans sortir de la voye, & sans faire vn defaut :
Dés qu'il a découuert vn ruisseau dans la plaine,
Bien qu'il soit aux abois, & du tout hors d'haleine;
S'élance à tour de reins, par des efforts nouueaux,
Iusqu'au lieu desiré de ces aimables eaux.
S'y iette, boit, reboit, cent fois plonge, & replonge,
Se tourne en cent façons, se ramasse, s'allonge,
Sans pouuoir rien trouuer, parmy tant de froi-
    deur,
Qui puisse temperer l'excez de son ardeur :

Ainſi pour ſoulager la ſoif qui me tourmente,
Et qu'vn feu trop auide en mes veines fomente,
I'inuente cent-plaiſirs, & les gouſte en effet,
Et ſi mon appetit n'en eſt pas ſatisfait.
Il eſt inſatiable, importun, & volage,
Il demande ſans ceſſe, & rien ne le ſoulage.
Il ſe laſſe de tout, & ſon contentement,
S'il dure tant ſoit peu, ſe change en vn moment.
N'auray-ie donc iamais de plaiſirs, ſans ſupplices?
Et parmy ces faux biens, qu'on appelle delices,
Ne trouueray-ie rien qui ne ſoit ennuieux ?
Mais, ô Dieu ! quel objet ſe preſente à mes yeux?
Les triſtes oſſemens d'vne effroyable teſte !
O ſpectacle faſcheux ! retirons-nous.

SCENE CINQVIESME.

DORANTE, EVDEMON, ſous la forme
d'vn ſquelete. ZOSIME.

EVDEMON.

Arreſte.

CEluy qui ſe promet d'échaper de ma main,
Celuy qui ſe promet d'auoir vn lendemain,
Qui croit de viure vn iour : que diſe, vne ſeule
   heure,
Ou pluſtoſt vn moment, ſans craindre qu'il ne
   meure,
Et ſans voir le peril qui le pouſſe au trépas;
Il ſe trompe, il s'abuſe, il ne me connoiſt pas.
I'ay cent fois pris l'enfant au ventre de ſa mere,
I'ay cent fois moiſſonné le fils auant le pere,
I'ay cent fois engagé dans le meſme deſtin,
Le foible, & le puiſſant ; la bure, & le ſatin.
I'exige en meſme temps mon tribut ordinaire
Auſſi-toſt d'vn grand Roy, que d'vne ame vulgaire;

C iiij

Et fais souuent perir dans les mesmes hasars,
Les petits Argoulets, auec les grands Cesars.
Où sont tous ces Titans, ces enfants de la terre,
Qui morguerent les cieux, & leur firent la guerre?
Où sont tous ces richards, qui viuoient si con-
    tents,
Et ces sages du monde, Oracles de leurs temps?
Où sont ces inuenteurs de nouuelles delices?
Ces gloutons, ces charnels, auec tous leurs Com-
    plices?
Et que sont deuenus tant d'idoles de Cour,
Et tant de beaux objets d'vne prophane amour?
Grands, petits, ieunes, vieux, Prince, Monarque,
    Pape,
Tout cela doit mourir, sans qu'vn seul en eschape.
Pourquoy donc, insensez, pourquoy ne songez-
    vous,
A soustenir bien-tost les rigueurs de mes coups?
Sçait-on pas que mes loix n'ont iamais de dis-
    pense?
Et que ie viens tousiours, lors que moins on y
    pense?
Ie frappe également, & de loin, & de prés,
Tel cueillant vn laurier, heurte contre vn cyprés,
Tel croit estre bien sain, qui s'en va rendre l'ame,
Et descend, en dançant, sous vne froide lame.
Tel entrant dans le lict, entre dans le cercueil,
Et les nopces d'vn iour, prennent souuent le dueil.
La pluspart des mortels sont trompez de la sorte,
Ils me tiennent bien loin, quand ie suis à leur
    porte.
Au reste m'effacer mesme du souuenir,
Ce n'est pas ce qui peut m'empescher de venir.
Tant s'en faut, ces desdains irritent mon courage,
Au lieu de m'esloigner, i'approche dauantage;
Et mon plus grand plaisir, est de presser plus fort,
Ceux qui craignent le plus l'image de la mort.

Me nommer seulement, c'est vn mauuais presage,
On est à demy-mort, quand on voit mon visage:
Si i'aborde l'esprit pour le faire sortir :
C'est alors, mais trop tard, que vient le repentir.
On pousse des élans, des soûpirs, & des plaintes;
On cherche cent détours, on fait cent mille
    feintes ;
Mais le sort, me priuant de l'vsage des sens;
On ne me touche point de ces tristes accens.
Ie n'entens pas ces cris, ie ne voy pas ces larmes,
Tout cela, contre moy, sont de trop foibles armes.
Mais venons à la preuue, & sans plus discourir,
Frappons. Sus, sus, ieune homme, à bas, Il faut
    mourir.

DORANTE.

Mourir, helas, mourir, quand on commence à
    viure !
Treues pour vn moment, cesse de me poursuiure.

EVDEMON.

Non, non, point de quartier, il faut passer le pas?
C'est assez differé, viste, viste, au trespas.

DORANTE.

N'as-tu point de pitié de ma tendre ieunesse?

EVDEMON.

Autant en dirois tu dans l'extréme vieillesse,
Allons,

DORANTE.

Escoute-moy.

EVDEMON.

                        Ce sont mots superflus,
A la mort.

DORANTE.

Vn instant,

                        C v

EVDEMON.

Allons, n'en parlons plus.

DORANTE.

Du moins accorde vne heure à mon humble re-
queste.

EVDEMON.

Il faut fraper le coup, quand la victime est preste.

DORANTE.

Ah Dorante!ah mon corps,ah mõ ame,où vas-tu?

EVDEMON.

Tu vas par vn chemin de tout temps fort battu;
Mille autres comme toy , suiuent la mesme route.

DORANTE.

Mais, helas! le salut de mon ame est en doute.
Les plaisirs m'ont trompé, le monde m'a seduit.
En quelle extremité me trouuay-je reduit?

EVDEMON.

Est-il temps maintenant d'en auoir la pensée,
Quand l'ame languissante est à demi-passée?
Dorante,il est trop tard; tu deuois y pouruoir,
Tandis que la santé t'en donnoit le pouuoir!

DORANTE.

Hé ie n'en ay rien fait.

EVDEMON.

Hé tu le deuois faire.

DORANTE.

L'humeur, l'âge, & le sang, me portoient au con-
traire.

EVDEMON.

Tu les deuois dompter, & suiure la raison.

DORANTE.

I'en ay le repentir.

EVDEMON.

Il n'eſt plus de ſaiſon.

DORANTE.

O mort ! que i'ay d'effroy de ton horrible face !

EVDEMON.

S'en faut-il prendre à moy ? que veux-tu que i'y
   faſſe ?
De ſoy-meſme la mort n'a laideur, ny beauté,
Elle eſt, comme la vie & les mœurs, ont eſté,
Et telle qu'on la fait par le cours de ſon âge,
Telle on la trouue enfin, dans ce dernier paſſage.
Il ne tient qu'aux mortels, qui peignent mon ta-
   bleau,
De faire, en viuant mieux, qu'il paroiſſe plus beau.
Puis qu'on ne vit iamais aucune belle vie,
Qui d'vne belle mort ne fut touſiours ſuiuie.
Il faut auoir horreur, non pas de mon portrait,
Mais pluſtoſt du crayon, & des mains qui l'ont
   fait.

DORANTE.

Il eſt vray: Mais enfin il faut donc que ie meure?

EVDEMON.

Quelle aſſeurance as-tu de viure vne ſeule heure?
Ie puis à tout moment te conduire au trépas;
Comment peux-tu ſçauoir ſi ie ne le veux pas?

DORANTE.

Auſſi n'en ſçay-ie rien, mais c'eſt vn poinct bien
   rude.

EVDEMON.

Et tu vis en repos, dans ceſte incertitude ?

Celle qui te seduit, me peut-elle empescher
De te laisser la vie, ou de te l'arracher?

DORANTE.

Sans doute elle ne peut.

EVDEMON.

Où sont donc ses promesses
Et que te reste-t'il de toutes ses caresses?
Peut-elle, si ie veux, me retarder d'vn poinct?

DORANTE.

Helas non! ie sçay bien qu'elle ne le peut poinct
Aussi ie la deteste, & ne la veux plus suiure.

EVDEMON.

Vrayment il est bien temps, quand tu ne peux plus
viure.

DORANTE.

Ie le puis, si tu veux, il ne tiendra qu'à toy.

EVDEMON.

Il tient au Souuerain, qui me donne la loy.

SCENE SIXIESME.

MISANDRE, DORANTE, EVDEMON,
ZOSIME.

MISANDRE.

AH parricide mort, t'ay-je pas donné l'estre
C'est moy, tu le sçais bien, c'est moy qui t'ay
fait naistre,
Et tu me fais mourir, en me chassant d'icy;
O mort! que t'ay-je fait pour me traiter ainsi?
ZOSIME.

ZOSIME.

Cher frere, c'eſt aſſez, i'ay ce que ie deſire :
Il eſt en liberté, Miſandre ſe retire ;
Laiſſons-le reuenir de ſon eſtonnement.

EVDEMON.

Adieu. L'affaire eſt faite aſſez heureuſement.

ZOSIME.

Adieu cher Eudemon, ie te rend mille graces :
Nous allons recueillir le fruict de tes menaces ;
Sans doute il eſt touché : le ſuccés eſt heureux,
Nos riuaux ſont vaincus, nous l'emportõs ſur eux.
Haſte-toy cher Dorante , au moment qui te reſte,
Haſte-toy de ſortir d'vn eſtat ſi funeſte ;
R'entre dans le chemin, d'où tu t'es égaré ;
Le defaut, quel qu'il ſoit, peut eſtre reparé.
Reuien, reuien à moy, ie ſeray ton refuge:
Mais ie voy que tes yeux vont faire vn grand de-
   luge.
Effaçons le paſsé de noſtre ſouuenir,
Et portons tous nos ſoins dans le temps à venir.

DORANTE.

Fidele conducteur de mon ame égarée,
Pardon ; le cœur me fend, i'ay la bouche ſerrée ;
Souffrez qu'en liberté ie puiſſe ſouſpirer.

ZOSIME.

Adieu donc, cher amy, ie te laiſſe pleurer.

D

SCENE SEPTIESME.

DORANTE seul.

STANCES.

IEunesse, honneurs, plaisirs, agreables menson-
ges,
Doux, & cruel poison, trompeuses voluptez,
Fourbes, illusions, impostures, & songes;
Est-ce là tout le bien que vous nous promettez?
Bouteilles, qu'vn enfant soufflant dans vne plume
    Fait creuer en vous souleuant,
    Et disparestre en vous creuant,
    Bouteilles de baue, & d'écume,
    Sçait-on pas bien vostre coûtume,
    De n'estre pleines que de vent ?

Traitres amusemens, sanglantes flatteries,
Qui nous blessez à mort en promettant la paix;
Passe-temps inhumains, caresses de furies,
Dont ceux qui sont touchés ne guerissent iamais
Allez, retirez-vous, ie consens au diuorce :
    Vains appas, nous vous delaissons;
    Vous nous trompez en cent façons,
    Vous n'auez pour tout que l'écorce,
    Et couurez d'vne belle amorce,
    Les pointes de vos hameçons.

Corps de terre, ou plustost vase infect & fragile,
Qu'vn petit choc renuerse, & casse en vn mo-
ment ;
Sçachant qu'on t'a paistri de poussiere, & d'ar-
gile,
Pourrois-je faire estat d'vn si foible instrument?
Monde, ce que tu mets au rang des belles choses,

Est sujet au mesme destin :
Il se passe dans vn matin,
Et se flestrit comme les roses,
Qui ne sont pas si tost écloses,
Que le temps en fait son butin.

Impitoyable Loy, dont les testes illustres
Ne peuuent s'exempter, non plus que leurs vas-
  saux !
Le mesme sort détruit les Nobles, & les Rustres;
Le Prince, & le sujet, en ce poinct, sont égaux
On ne sçauroit monter, qu'il ne faille descendre.
        Et de toute la vanité,
        La pompe, & la felicité,
        D'vn Cesar & d'vn Alexandre,
        Il n'en reste rien que la cendre,
        Pour monstrer ce qu'ils ont esté.

Mais il se faut sousmettre aux loix de la nature;
I'en adore l'Autheur, ie luy donne les mains;
Son ordre est équitable, & sa loy n'est pas dure;
Ie ne suis pas meilleur que les autres humains :
Ie dois souffrir comme eux qu'elle se plaise au
  change,
        Que les corps de grace animez,
        En moins de rien soient inhumez;
        Et que par vn caprice estrange,
        Elle reiette dans la fange,
        Les vases qu'elle en a formez.

Puis donc qu'il faut mourir, pensons-y de bonne
  heure ;
Quittons, dés à present, ce qui nous doit quit-
  ter ;
Abandonnons de cœur cette triste demeure,
Que nous ne deuons pas longuement habiter ;
Quand, de viure long-temps, i'auray perdu l'enuie;
                        D ij

  Sentiray-je pas du plaisir,
  Lors qu'il me faudra desaisir,
  Des contentemens de la vie,
  Qui ne pourra m'estre rauie,
  Sans fauoriser mon desir.

Ruisseaux qui tarrissez, arrestez vostre course,
Et ne m'empeschez plus de monter à la source,
Et vous, petits éclairs, foibles, & froids rayons,
Qui n'estes du vray bien, que de sombres crayons
Ne m'esbloüissez plus d'vne fausse lumiere;
Ie mé veux esleuer à la beauté premiere:
Ie veux, pour cét objet, rompre tous mes liens
Et n'estre desormais attaché que des siens,
S'il faut aymer, aymons vn bien qui nous demeure,
Qui soit ferme, solide, & qui iamais ne meure.

Fin du second Acte.

ACTE III.

SCENE PREMIERE.

PAMPHILE.

IL le faut auoüer, ie ne vis qu'à demy,
Quand ie suis essoigné de mon fidele amy.
Aussi-tost qu'à mes yeux sa presence est rauie,
Ie me sens arracher la moitié de la vie ;
Celle qui me demeure, en me laissant perclus,
Court & vole aprés l'autre, & ne m'anime plus.
Ainsi, viure à demy sans voir mon cher Dorante,
C'est trop; ie ne vis plus, aussi-tost qu'il s'absente.
O douce, & dure loy d'vne estroitte amitié
Faut-il perdre le tout, en perdant la moitié ?
Depuis l'heureux moment que i'eus sa compa-
    gnie,
Mon ame auec la sienne aussi-tost fut vnie,
Nous n'auions entre-nous, ny secret, ny dessein,
Qui ne passast d'abord de l'vn à l'autre sein.
Nos inclinations, nos biens, nostre fortune,
Mesme nos volontez, se confondoient en vne.
Càstor, Pollux, Oreste, & ces autres amans,
N'estoient, auprés de nous, que fables, & Ro-
    mans ;
Enfin dés cét abord, nostre amour fust si forte,
Qu'il ne s'en trouue point qui le soit de la sorte:
D'où vient donc auiourd'huy qu'il memanque de
    foy ?
Auroit-il bien desia quelque froideur pour moy?

Seroit-il point entré dans quelque défiance?
Aprés tout, ces longueurs laſſent ma patience.
Depuis le grand matin, il ſçait que ie l'attens
Pour aller en ce parc, où nous viuons contens;
Où nous chaſſons bien loin cette melancolie,
Dont les moindres degrez ſont des grains de
    folie.
Là nous mocquans des ſots, & de leur grauité,
Nous viuons doucement, en toute liberté;
Là nous auons le choix, de laiſſer, ou de faire,
Tout ce que nous iugeons capable de nous plaire
Les accords de nos luths, les concerts des oi-
    ſeaux,
Le murmure confus, de nos voix, & des eaux;
L'ombre des cabinets, & des longues allées,
De branches de lauriers, & de myrtes mélées;
La fraiſcheur des berceaux, l'haleine des zephirs,
Les vergers, & les fleurs, ſont nos moindres plai-
    ſirs.
Là, toute la nature en beautez ſe déploye,
Et nous n'y trouuons rien qui n'inſpire la ioye,
Dorante le ſçaura, ſi ie l'y puis tenir.
Mais enfin, quel ſujet l'empeſche de venir?
M'auroit-il bien voulu poſtpoſer à quelqu'autre?
Et pour ſon entretien, quitteroit-il le noſtre?
Qu'a-il donc, que fait-il? pourquoy ne vient-il
    pas?
Peut-eſtre en me voyant haſtera-t'il le pas.
Ie m'en vay le preſſer. Laquais? Fille? Seruante?

LE LAQVAIS.

Qui va là?

PAMPHILE.

Dieu te gard. Dy-moy, que fait Dorante?

LE LAQVAIS.

Monſieur ie n'en ſçay rien.

PAMPHILE.

> Cours donc, va le sçauoir
Qu'a-t'il trouué?

LE LAQVAIS.

> Monsieur vous ne sçauriez le voir.
Il se trouue vn peu mal.

PAMPHILE.

> Dy luy que c'est Pamphile.
Quelle humeur auiourd'huy le rend si difficile?

LE LAQVAIS.

I'ay dit que c'estoit vous, mais il ne respond rien.

PAMPHILE.

Laisse-moy gouuerner, ie le gueriray bien.

SCENE SECONDE.

PIRASTE, POLEMON.

PIRASTE.

O Triomphe indiscret, qui preuient la victoire!

POLEMON.

O rusez ennemis, ialoux de nostre gloire!

PIRASTE.

Polemon, qui l'eust crû?

POLEMON.

> Piraste, qui l'eust dit?

PIRASTE.

Nous voilà donc perdus d'estime, & de credit?

D iiij

POLEMON.

Nous voilà décriez auprés de noſtre Maiſtre
Diffamez, mal-traitez, autant qu'on le peut-eſt

PIRASTE.

Donc, au poinct qu'on voyoit le ieune houbere
Venir de ſon plein gré, donner dans le paneau
Lors qu'vn heureux ſuccez flattoit noſtre enn
    priſe,
Nous nous trouuons duppez, & nous faut laſch
    priſe,
O ſoins ! ô vains efforts, trop mal recompenſe

POLEMON.

Eſt-ce là tout le fruict de nos trauaux paſſez ?
D'vn ſi fameux combat, n'aurons-nous que
    honte ?
Et pourrons-nous ſouffrir qu'vn ſquelette no
    dompte ?

PIRASTE.

Non, non, il faut tenter quelque nouuel effort,
Oppoſons vn viuant, à cette ombre de mort.
Dorante aime Pamphile, & nous pouuons bi
    faire,
De ſon meilleur amy, ſon plus grand aduerſaire

POLEMON.

Tu le prends comme il faut, & par le bon endroi
Pamphile, à ce deſſein, me ſemble fort adroit,
Son eſprit le diſpute auecque ſa nobleſſe,
Il a de la douceur, & de la gentilleſſe.
Au reſte, pour le ieu, le manege, le bal,
Les armes, & le luth, il n'a pas ſon égal.
Lors que ſes doctes mains touchent vne guiterre
Mille tons ſe choquans, ſans ſe faire la guerre,
Viſtes, lents; rudes, doux; foibles, & vigoureux

Mesme en leurs tremblemens, paroissent gene-
  reux.
Chaque corde se plaind sous le doigt qui la presse,
Gemit, languit, s'irrite, & toutesfois confesse,
Que les plus petits nerfs de ce noble instrument,
N'ont d'ame, ny de voix, que par son mouuement.

PIRASTE.

Ie le connois assez sans ce panegyrique;
Ie sçay ce qui luy plaist, ie sçay ce qui le pique,
Suffit qu'il est bien propre à ce que ie pretends,
Et que de son employ nous resterons contents,
Il n'est pas de ces sots, qui n'osent se produire,
Il frequente, il discourt, il sçait railler, & rire,
S'il luy vient vn bon conte, il ne le cache pas,
Il aime les bons mots, comme les bons repas.
Qu'on gausse à ses dépens, qu'on parle à sa
  loüange,
Iamais pour ces discours sa belle humeur ne
  change,
Son visage est égal, iamais il ne s'abbat,
Et son front ne rougit non plus que son rabat.
Desia Dorante & luy se sont trouuez ensemble,
Quelque rapport d'humeur, & d'âge les assemble,
Ils s'estiment l'vn l'autre, & s'aiment à ce point,
Que depuis quelques iours ils ne se quittent
  point.
Pour moy, qui puis beaucoup sur l'esprit de Pam-
  phile,
Et qui luy sçay donner ma methode, & mon stile,
Ie luy feray le bec, de si bonne façon,
Qu'il nous pourra seruir d'excellent hameçon.
Et si Zosime échappe aux pieges qu'on luy dresse,
Il aura bon besoin de toute son addresse.

POLEMON.

Nous luy ferons bien voir qu'il n'est pas assez fin,

PIRASTE.

Allons, l'affaire preſſe, il en faut voir la fin.

SCENE TROISIESME.

ZOSIME.

PRofanes amitiez, maudites compagnies !
Ah, que vous exercez d'extremes tyrannies
Inhumaines, Combien de pauures mal-heureux,
Sont infectez de l'air que vous ſoufflez ſur eux?
Combien de ieunes gens, pour vne coguoiſſan
D'vn demy-iour, d'vne heure, ont perdu l'inno
cence ?
Combien d'Anges du ciel, ſont deuenus Demon
Par le ſouffle empeſté qui ſort de vos poulmons!
Dans vos commencemens, c'eſt vn amour ſincer
Amour ſans intereſt, comme de frere à frere,
Douce conformité de deſſeins, & d'humeurs,
Où la vertu concourt auec les bonnes mœurs,
Ce ne ſont que bien-faits, que pures compla
ſances,
Honneurs, ciuilitez, ſeruices, déférences :
Mais au fonds, on connoiſt par d'eſtranges re
uers,
Que ce ne ſont enfin que des pieges couuerts.
Où les plus innocents ſont plus aiſez à prendre,
Et dont les plus ruſez ont peine à ſe deffendre.
Encor, par vn effet du tout prodigieux,
Le bien, comme le mal, n'eſt pas contagieux.
L'approche des meſchants, aux bons meſme eſt
funeſte ;
Parmy les empeſtez, on contracte la peſte :
Et ſi pourtant, les ſains que l'on a fréquentez,
Ne communiquent pas le bien de leurs ſantez.
Eſcueil trop ⸱   mmé par tes fameux naufrages!

Que de cœurs genereux , & de nobles courages,
Qui faisoient admirer autre-part leurs vertus,
Te voulant aborder, se trouuent abatus!
Dorante, ie te plains dans cette conionĉture :
I'apprehende pour toy quelque triste auanture :
Le danger est trop grand ; il t'y faudra perir,
Si ie ne prens le soin de te bien secourir.

SCENE QVATRIESME.

PAMPHILE, DORANTE.

PAMPHILE.

Dorante, d'où te vient cette humeur si farou-
che,
Qui te rend solitaire, & te ferme la bouche?
Est-ce ainsi que l'on traite auecque ses amis ?
Ne faut-il pas tenir ce que l'on a promis ?

DORANTE.

L'on promet bien souuent plus qu'il n'est raison-
nable.

PAMPHILE.

Trop promettre aux amis, est vn mal pardonnable.
Si toute-fois on peut exceder en ce point,
Pourtant , quoy qu'il en soit, ie ne t'accuse point!
Mais de te voir pensif, morne, melancolique,
Et ne sçauoir pourquoy, c'est cela qui me pique.

DORANTE.

Nous sommes tous sujets à quelque changement.

PAMPHILE.

Dy moy donc ce que c'est, & parle franchement.

DORANTE.

Ce n'est rien

PAMPHILE.

Mais encor, t'a-t'on fait quelque iniure,
Quelque mal, quelque affront? dy parle; & ie
iure,
Que l'autheur, quel qu'il soit, apprendra vif,
mort,
Si ie puis supporter que l'on te fasse tort.

DORANTE.

Pamphile, peu de chose allume ta colere.

PAMPHILE.

Prend-on pour peu de chose vne mine seuere,
Vn œil triste, & mourant, vn visage abatu,
Mais aprés tout, pourquoy le dissimules-tu?

DORANTE.

Ne t'en informe plus, ie ne l'oserois dire.

PAMPHILE.

Dorante, tu le dois, puis que ie le desire.

DORANTE.

Ton desir n'est pas iuste, & ie te dois cacher,
Vn recit importun, qui te pourroit fascher.

PAMPHILE.

Quel crime ay-ie commis, dont le recit me fasch
Dorante, contre toy? me crois tu bien si lasche
Auoir de ton Pamphile vn si mauuais soupçon,
Dorante, c'est l'aimer d'vne estrange façon.
Mais, si d'vn tel forfait tu me iuges capable,
Traite-moy sans pitié, comme on traite vn cou-
pable.
Plonge, plonge ce fer dans mon perfide sein,
Et vange par ma mort, vn si lasche dessein,
Tiens, ne marchande plus, empoigne cette épée

DORANTE

DORANTE.

Es-tu fou?

PAMPHILE.

Dans mon sang, cette lame trempée,
Te rendra satisfait.

DORANTE.

As-tu perdu le sens?

PAMPHILE.

Frappe, si i'ay failly, vange-toy, i'y consens.
Dans ce flanc découuert, que ma main te prepare,
Enfonce.

DORANTE.

Mal-heureux! me crois-tu si barbare?

PAMPHILE.

Saoule toy de mon sang, punis cet inhumain,
Qui mourra trop heureux, en mourant de ta main.
Contente mon desir, contente ta colere:
Ie suis trop criminel, si i'ay pû te déplaire.
Plonge, plonge ce fer, dans le fonds de mon cœur.
Mais ton bras te trahit, & manque de vigueur!
Il faut donc que le mien me rende cet office,
Et que i'offre à tes yeux, ce sanglant sacrifice.
Allez mon sang, courez, & d'vn lugubre accent,   *Il se
Allez dire par tout, que ie suis innocent.   veut
                                                     tuer.*

DORANTE.

Quelle fureur t'agite, & quel mauuais genie   *Déta-
T'emporte dans l'excés d'vne telle manie?   che l'es-
Quelle raison t'oblige à te precipiter?   pée*
Ay-ie dit vn seul mot qui te doiue irriter?

PAMPHILE.

I'ay bien plus de suiet d'accuser ton silence.

                                    E

DORANTE.

Estouffe ces soupçons , & cette deffiance.
N'escoute plus l'erreur, qui trouble ta raison,
Ces transports furieux ne sont pas de saison.
Quoy! pour vn petit mot, qu'on lasche à l'auãture
Ton esprit delicat se met à la torture?
Tu prends pour vn reproche, vn honneste respect
Et mesme en me taisant, ie te parois suspect.
Non, Pamphile crois-moy, ie t'honore, & t'estime
Mon plus cher confident, mon amy plus intime
Et quelque changement qui se remarque en moy
I'ay tousiours mesme esprit, & mesme cœur pour
    toy.

PAMPHILE.

Quel est donc l'accident que tu ne m'oses dire?

DORANTE.

Helas ! si ie le dis , tu n'en feras que rire:
Mais n'importe. Voicy ce qui m'est arriué.
De long-temps ie n'auois ny dormy , ny réué
Car c'estoit en plein iour; lors qu'vn squelet
    blesme,
Plus affreux que la mort, ou plutost la mort mesme
Le corps tout descharné, les deux yeux enfoncés
Se traisnant sur des os l'vn dãs l'autre enchassés
Et d'vn bras esleué tenant sa faux sanglante,
Auec d'horribles cris , deuant moy se presente:
Ie sens par tout mon corps vne froide vapeur,
Mes cheueux herissez , mon sang glacé de peur
Ie tremble, ie fremis, ie transis, ie me pasme,
Enfin ie suis reduit au poinct de rendre l'ame,
Dans cette extremité, ie commence à sentir,
De mes crimes passez vn cuisant repentir.
Ie meurs à chaque fois que l'ombre me menace
Ie me iette à ses pieds , ie luy demande grace,
Plus elle me poursuit, sans tréue & sans repos

Et plus ie me soufmets, & fais de bons propos.

PAMPHILE.

Dorante, mon amy, n'en dy pas d'auantage:
Sans doute, en ce temps là, tu n'estois guere sage.
Tu croyois voir la mort?

DORANTE.

Ouy.

PAMPHILE.

Le plaisant discours.

Et tu le crois encore?

DORANTE.

Et le croiray tousiours.

PAMPHILE.

La mort?

DORANTE.

Ouy, ouy, la mort.

PAMPHILE.

Hé quelle phrenesie,
T'auoit si fortement troublé la fantaisie?
Crois moy, n'y songe plus, laisse là cette mort,
Moque toy de ses traits, & de la loy du sort.
Et puis qu'en peu de temps l'ame nous est rauie,
Hastons nous d'esprouuer les douceurs de la vie.
La ieunesse est vn fruit, qui ne se garde pas :
On ne sçauroit long temps ioüir de ses appas.
Qu'attens-tu d'en vser? l'auare est sans excuse,
Qui possede des biens, & qui iamais n'en vse.

DORANTE.

O brutal sentiment! conseil pernicieux!

PAMPHILE.

Qui t'a fait deuenir si conscientieux?

E ij

Pauure moine-bouru, te veux tu faire hermite,
As-tu si fort appris le mestier d'hypocrite?
Foible esprit, laisse moy toutes ces visions,
Et ne t'amuse plus à tant d'illusions.
Bannis de ton cerueau ce caprice fantasque,
Reconnois ce fantosme, & luy leue le masque.
Le ieu, le promenoir, la danse, & le festin
Peuuent ils pas chasser cet importun lutin?
Ca ça, voicy dequoy dissiper l'humeur noire,
Et charmer tous les maux, que tu te fais accroi
Allons.

Il tire des dez.

DORANTE.

Ie ne sçaurois.

PAMPHILE.

Pourquoy ne sçaurois

DORANTE.

I'ay le corps tout mal fait, & l'esprit abatu.

PAMPHILE.

Dy plustost, ie n'ay pas assez de complaisanc
Et i'estime trop peu le bien de ta presence.

DORANTE.

Si tu le prens par là, ie ne puis refuser.

PAMPHILE.

C'est ainsi que d'abord il en falloit vser,
A trois dez.

DORANTE.

Ie le veux.

PAMPHILE.

Combien

DORANTE.

Douze pistol

PAMPHILE.

D'accord, en quatre coups.

DORANTE.

En trois.

PAMPHILE.

Tu me confoles.

Tiens, commence.

DORANTE.

Fort bien, donne, i'en fuis content.   Ils
iouent.

Bon.

PAMPHILE.

Encore mèilleur.

DORANTE.

Ne te vante pas tant.

PAMPHILE.

Et deux.

DORANTE.

Tout en eft dit.I'y perdrois mes oreilles.

PAMPHILE.

Auec vn mot d'auis, tu ferois des merueilles,
On ne gagne iamais fi l'on ne iure vn peu.

DORANTE.

Ie detefte les déz, le deftin, & le Ieu.
A tenir plus long-temps ie ferois temeraire,
A Dieu, ie n'en fuis plus, puifque tout m'eft con-
    traire.
Ie ne veus pas iuger que tu fois vn trompeur,
Mais tout autre que moy , peut-eftre en auroit
    peur.

E iij

PAMPHILE.

Qu'importe, la victoire est tousiours glorieuse.

DORANTE.

A qui gagne en fourbant, la victoire est honteuse.

PAMPHILE.

Amy, ie ne veux pas te laisser ce regret;
Il est vray que i'y sçay quelque petit secret.

DORANTE.

M'en doutois-ie pas bien ? mais il faut me l'ap
prendre.

PAMPHILE.

Il le faut?

DORANTE.

L'vn des deux, ou tout dire, ou tout rendre.

PAMPHILE.

Lequel aymes-tu mieux? C'est à toy de choisir.

DORANTE.

Gagner tout ce qu'on veut: C'est profit, & plaisir
Vn si rare secret merite qu'on l'apprenne.

PAMPHILE.

Et bien, tu le sçauras, & sans frais, & sans peine
Mais à condition, qu'auecque l'amitié,
Nous n'aurons qu'vne bourse, & ferons à moitié.

DORANTE.

Tout ce que tu voudras.

PAMPHILE.

Voicy dons le mystere.

H
B O V
O

Ne sors point de ce rond : touche ce characteres.
Poursuis, arreste-toy : remarque : escoute bien.

Hecaticate. Vrondifalacheron.
Orcimonstrambeel. Bracaracadabra.

Il fait
vn cer-
cle a-
uec ses
chara-
cteres.

SCENE CINQVIESME.

L'OMBRE, PAMPHILE, DORANTE.

L'OMBRE.

CEsse de m'inuoquer.

PAMPHILE.

Pourquoy ?

L'OMBRE.

Ie ne puis rien.

PAMPHILE.

Qui borne ton pouuoir ?

L'OMBRE.

Vne fatale Image.

PAMPHILE.

De qui ?

L'OMBRE.

D'vn Roy puissant, à qui ie dois hommage,
Vn morceau de metal, graué d'vn crucifix,
Et marqué des saincts noms de la Mere, & du Fils.

E iiij

PAMPHILE.

Arrache cette image à celuy qui la porte.

L'OMBRE.

Ie ne puis surmonter vne vertu plus forte.

PAMPHILE.

Qu'est-ce qui t'espouuante en vn morceau d'ai[r]

L'OMBRE.

Mon crime, mon arrest, mon iuge souuerain,
Dont ie ne puis souffrir seulement la peintu[re]
Fuyons, elle paroist.

L'Ombre & Paphile s'en-fuyent.

SCENE SIXIESME.

DORANTE.

Monstrant vne Croix qu'il portoit au col.

ADorable figure.
Inuincible bouclier; helas, combien de fois,
Suis-ie de mon salut redeuable à la croix?
A mes fiers ennemis elle est vn Contre-charme
Sa vertu me soustient, son ombre les desarme,
Et deux traits de burin, sur le cuiure tracez
Tiennent mille Demons sous mes pieds terras[sez]
Victime de la Croix, à qui dans ton image,
Et d'esprit, & de corps, ie rend tres humble ho[m]-
    mage,
Par le doux souuenir d'vn si rare bien-fait,
Graue au fond de mon cœur ton aimable pou[r]
Et souffre qu'il reçoiue, au moins en ton absen[ce]
Quelques petits effets de ma reconnessance.
Que t'honorant en luy, ie tesmoigne ma foy,
Que me collant à luy, ie n'embrasse que toy.

Que ne pouuant baiser tes pieds , tes mains , ta
    bouche,
Ie donne à ce portrait vn baiser qui te touche,
Mais helas, ie ne puis t'honorer comme il faut,
Ange qui me conduis supplée à mon defaut.

SCENE SEPTIESME.

ZOSIME, EVDEMON, DORANTE.

ZOSIME.

Nous t'auons veu, Dorante , au bord du pré-
    cipice,
Nous sçauons que la Croix t'a bien esté propice,
Et prenans grande part au bien que tu reçois,
Nous deuons comme toy du retour à la croix.

EVDEMON.

Objet d'amour, & de pitié,
    Miracle de saincte amitié,
Exemple de clemence autant que de iustice,
    Merueilleux & diuin secret
L'homme pour qui tu meurs , dans ce dernier
    supplice,
    Te void, sans mourir de regret !

DORANTE.

Source de mes douleurs , digne objet de mes
    plaintes,
Puis-je bien, sans mourir, vous voir en cét estat?
Mon cœur, ne sens-tu pas de mortelles atteintes,
Au triste souuenir d'vn si grand attentat ?

ZOSIME.

Fournaise , buscher immortel,
Temple, Victime, sainct Autel,

Où le diuin amour en flâmes se consume,
    Quel homme te peut approcher,
  Sans brufler de ce feu que ta chaleur allume,
    S'il n'eft de bronfe, ou de rocher ?

DORANTE.

Mes yeux que tardez-vous ? helas, où font v
    larmes !
Faudroit-il pas icy fe refoudre en liqueur ?
Amour, où font tes feux, tes tranfports, & To
    charmes,
Ne fondras-tu iamais les glaçons de mon cœur
O douleur infenfible à ma iufte requefte,
Que ne viens-tu faifir mon efprit, & mon corps
Impitoyable amour, quel obftacle t'arrefte? La
Que ne fais-tu fur moy de plus puiffans efforts Et

EVDEMON.

Voy ces deux Aftres eclipfez
Ces beaux yeux efteints, & baiffez,
Ce front terny, fanglant, & couronné d'épi
    Ce vifage palle, & mourant,
Et ce corps qui couuroit tát de beautez diuin Se
    Tout nud, fur ce tronc, expirant. Sa

ZOSIME.

Confidere ces larges trous,
    Ces marques de fouëts, & de clous,
En fes pieds, en fes mains, fur fa chair delica
    Et fi tu n'en es pas touché,
Au defaut de l'amour, meurs de honte, ameu Et
    grate,
    Sçachant que c'eft pour ton peché. Ce

EVDEMON.

Contemple ce dernier foufpir,
Sur fes lévres, preft à fortir, Iaco

Côme il ouure sa bouche, & ferme sa paupiere,
Il n'a plus, ny pouls, ny couleur,
Tout le monde en fremit, & la nature entiere,
Veut succeder à sa douleur.

ZOSIME.

Le dur marbre des monumens,
De regret esclate en fragmens,
L'air ne peut plus souffrir le rayon qui le dore,
Le Soleil en pallit d'horreur
Toute la terre en treble: Et l'hôme pense encore,
A demeurer dans son erreur ?

EVDEMON.

Contemple entre ces deux voleurs,
Le thrône du Roy de douleurs,
La pourpre de son sang, sa couronne d'épines,
Le tiltre de sa Royauté.
Et comme sa Thiare a de longues racines,
Pour marque de sa fermeté.

ZOSIME.

Voy comme au bout de ses combats,
Son sacré chef penchant en bas,
Séble dire à la mort qu'il est téps qu'elle vienne,
Et que, s'il pouuoit t'approcher,
Sa bouche en expirant s'iroit ioindre à la tienne,
Comme ses yeux te vont chercher.

EVDEMON.

Ses pieds, ses mains, son sacré flanc,
Chaque playe, en termes de sang,
Et d'vne voix d'amour, te fait cette harangue.
Quoy que pour toy ie souffre tant,
Ces bouches te diront ce que diroit ma langue,
Si tu m'aimes, ie suis content.

DORANTE.

Incomparable amour, clemence sans seconde!

Doncques, pour expier les pèchez des humains
Vnique Fils de Dieu, grand Monarque du mon
Tu te laisses percer le flanc, les pieds, les main

Amour ! aueugle amour ! ta méprise est blâmab
Tu ne choisis pas bien l'obiet de ton courroux,
IESVS est l'innocent, moy ie suis le coulpable,
Et pourtant IESVS meurt, & moy ie suis absou

Le Roy, pour le sujet, le Maistre, pour l'esclau
IESVS, pour vn pecheur, endurer le trépas !
Dieu, pour vn petit ver, qui n'est qu'vn peu
        baue !
Mourir ! Et le pecheur, le ver ne mourir pas !

Moy, dans les voluptez ! IESVS dans les supplic
Moy, me vanger ! IESVS mourir pour ses haine
IESVS dessus la Croix ! Et moy dans les délices,
Tout entouré de fleurs, sous vn chef épineux

Nõ, Seigneur, c'est assez, ie ne veux que tes pein
Ton sang versé pour moy, me demande le mie
Voicy, voicy mon corps, mon cœur, toutes
        veines,
Prens encore l'esprit, & ne me laisse rien.

Espines, fouëts, liens, lance, clous salutaires,
O que vous m'estes doux lors que vous me bless
Qu'à tous autres tourmens vous me semblez co
        traires,
Ne m'estans rigoureux que quand vous me laiss

Mais non, vous ne sçauriez, ie vous porte d
        l'ame.
La douleur, la pitié, l'estonnement, l'amour,
En ont fait dans mon cœur, vn portrait tout
        flâme,
Qu'on ne pourra m'oster, qu'en me priuát du io

Fin du troisiesme Acte.

ACT

ACTE IV.

SCENE PREMIERE.

MISANDRE , PIRASTE , POLEMON.

MISANDRE.

PRotecteurs impuiſſans, foibles, vains, inutiles,
Garans mal aſſurez, autant que mal-habiles,
Où ſont ces ennemis que vous exterminez ?
Fanfarons; eſt-ce ainſi que vous m'abandonnez ?
A peine ſuis-je entré dans vne bonne place ,
Que mal-gré vos efforts, auſſi-toſt on m'en chaſſe,
Vous me voyez perir ſans vouloir faire vn pas,
Ou ſi vous le voulez, vous ne le pouuez pas !

PIRASTE.

Polemon; C'eſt à toy que ce diſcours s'addreſſe,
As-tu ſi peu d'eſprit, de conduite, & d'adreſſe,
Que tu ne ſçaches pas atrapper vn enfant ?
Faut-il que de tes mains il ſorte triomfant?
Que tu ſois pris au piege , où tu pouuois le pren-
　　dre ,
Et que ton priſonnier te contraigne à te rendre?

POLEMON.

Qu'y ferois-ie ? il eſt force, & ie ſuis enragé,
De me voir ſans remede, à ce poinct outragé.
Contre tous nos efforts, nos ruſes, & nos charmes,
Le ciel les a pourueus de trop puiſſantes armes.

F

PIRASTE.

Doncques tu souffriras vn si vilain affront?

POLEMON.

Quand on peut se vanger, ie ne suis que trop
prompt.

PIRASTE.

Vn esprit éminent, sur vne ame de bouë
N'a-il point de pouuoir ?

POLEMON.

Il peut tout, ie l'auoüe,
Mais quand vn autre esprit plus puissant que le
sien,
S'oppose à son pouuoir, alors il ne peut rien.

PIRASTE.

Pouuons-nous pas du moins nous vanger de Pam.
phile ?

POLEMON.

Il est vray, contre luy, la vengeance est facile,
Mais le perdre tout seul, ce n'est guere gagner;
Pour les perdre tous deux, il le faut épargner.

PIRASTE.

De moy, i'aymerois mieux punir en diligence,
Que perdre la douceur d'vne prompte vengeance
La fureur s'alentit dans le retardement;
Et qui se vange tost, se vange doublement.

POLEMON.

La fureur d'vn torrent, qui semble estre plus lente,
Lors qu'elle est retenuë, en est plus violente.

PIRASTE.

Si faut-il leur monstrer que d'éminents esprits,

Né s'abbaissent iamais à souffrir le mépris.
Dressons quelque embuscade, inuentons quelque
    ruse.
Courage : la voicy, Bon ; il faut que i'enuse.
Dorante y sera pris, quoy qu'il fasse.

POLEMON.

                              Comment?

PIRASTE.

Vn liure à nostre mode, est vn bon instrument.
Là, sous l'obscurité de certains characteres,
Nous laissons en depost mille secrets mysteres.
Les crimes les plus noirs, & les plus grands pe-
    chez
Y sont en seureté, visiblement cachez.
Toute sorte de vice y trouue son école;
Et chaque passion y regne, à tour de role.
Les plus malins esprits, mesme aprés qu'ils sont
    morts,
Y viuent immortels, & s'y changent en corps.
Ils rendent le present aux malices passées,
D'vn langage muët ils disent leurs pensées,
Leur voix, sans faire bruit, d'vn stile ingenieux,
Ne dit rien à l'oreille, & ne parle qu'aux yeux.

POLEMON.

Il est vray qu'en son genre vn liure est admira-
    ble,
C'est vn Peintre excellent, dont l'art incompa-
    rable
Imite au naturel, dans ses diuers portraits,
Tout ce qu'on void au monde, auec les mesmes
    traits.
Qui peint auec du noir, & les lys, & les roses,
Et fait d'vne couleur, celles de toutes choses.
Au reste pour seduire, & pour faire pecher,
Vn homme de papier en vaut trente de chair.

                              F ij

C'est vn glaiue trenchant, aux mains d'vn phre-
   netique.
Vn Demon familier, vn lutin domestique,
Dont le corps emprunté n'a rien qui fasse hor-
   reur,
Ou qui puisse donner tant soit peu de terreur.
On n'y rencontre point ces figures hideuses,
Ces griffes, ny ces dents, ny ces cornes affreuses
Ny ces monstres meslez de diuers animaux,
Ceux-là font plus de peur, celuy-cy plus de mau
Bien que l'or & l'argent parent leur couuerture,
Toute-fois le dedans n'est que fange, & qu'ordu
Et tout le monde sçait, qu'en matiere d'amans,
Et le cours, & le bal, le cedent aux Romans.
L'esprit s'y rend sç uant à conduire vne intrigu
A surprendre vn riual, à former vne brigue,
A tromper, à médire, à feindre, à caioler,
Et pour toute leçon, mal faire, & bien parler.
   Cét art, qui se distingue en couleur blanche,
   noire,
Qui trompe tant d'esprits, esclaues de la gloire,
Et les autres secrets les plus mysterieux,
Fourniffent de matiere aux liures curieux.
C'est de leur docte sein, qu'on tire la Magie,
L'auenir s'y defcouure, auec l'Astrologie.
Et dans l'art de changer les metaux en fin or,
En trouuant vne pierre, on rencontre vn threfor

PIRASTE.

Cette pierre, aprés tout, quoy que si renommée,
Reduit tous les metaux, & l'or mesme en fumée,
Fait exaler l'esprit, calcine le ceruean,
Change le riche en gueux, & le souffleur en vea

POLEMON.

Quoy qu'il en soit, vn liure, est de nostre bou-
   tique,

Lors que d'vn homme sage, il fait vn phrenetique.

PIRASTE.

Nous l'estimons encor beaucoup plus precieux,
Quand vn pauure innocent y deuient vicieux.
Que si l'ame y peut prendre vne fureur brutale,
Alors il est parfait, & n'a rien qui l'égale.
Pamphile en est pouruëu, de toutes les façons,
Il s'y plonge, il s'y perd, il y prend des leçons,
Il en veut faire part à son amy Dorante,
Il l'attire par là, c'est par là qu'il l'enchante:
Et nos affronts passez, dans fort peu de mo-
    mens,
Seront assez vangez par ces enchantemens.
Mon liure est en leurs mains, & ie viens de l'y
    mettre,
Misandre s'est desia caché sous chaque lettre,
Pour entrer dans l'esprit par le chemin des yeux.

SCENE SECONDE.

PAMPHILE, DORANTE.

PAMPHILE.

Dorante, nostre esprit est bien ingenieux,
Son œil est penetrant, ses lumieres sont
    nettes,
Il perce dans les cieux, il lit dans les planettes,
Il predit l'auenir, il r'appelle les morts,
Il sçait faire r'entrer les ames dans leurs corps.

DORANTE.

Ces secrets inconnus ne sont qu'imaginaires.

PAMPHILE.

Ils ne sont inconnus qu'à des esprits vulgaires.

DORANTE.

I'en voy d'affez fubtils, qui n'y comprennent rien

PAMPHILE.

Et i'en voy d'affez bas, qui les entendent bien.
Parmy les ignorans toute chofe eft miracle,
Chaque mot d'vn fçauant leur annonce vn oracle,
Mais s'eftans détrompez dans les doctes écris,
Ce qui les eftonnoit leur donne du mépris.
Tout ce que i'admirois comme prodige infigne,
Se trouue naturel icy, dans chaque ligne;
Ly, contente tes yeux, & ton efprit auffi.
Ie n'ay rien auancé qui ne s'apprenne icy.

DORANTE.
lifant dans le Liure.

Pour eftre heureux au ieu, fans reuers de fortune,
Dy ces quatre grands mots, en inuocant la Lune.

*Hecaticate. Vrondifalacheron.
Orcimonftrambeel. Bracaracadabra.*

SCENE TROISIESME.

L'OMBRE, DORANTE, PAMPHILE

L'OMBRE.

ME voicy, Que veux-tu? parle qui que tu fois
Me voicy reuenu pour la feconde fois.
Que ie fçache ton nom, ton deffein, ta demande.

PAMPHILE.

Il ne fçauroit parler, fa furprife eft trop grande;
Il fe nomme Dorante, & veut gagner au ieu.
Peux-tu le fatisfaire,

L'OMBRE.

                    Il demande trop peu.
Ie le contenteray par dessus son enuie,
Et luy feray passer ioyeusement sa vie.
Venerable Chryson, riche Dieu des humains,
Sors de tes mines d'or; vien luy garnir les mains,
Fay couler tes thresors, auec tant de largesse,
Qu'ils esteignent la soif de celuy qui me presse.

SCENE QVATRIESME.

CHRYSON, EVDOXE, EVTIQVE,
DORANTE, PAMPHILE.

CHRYSON.
portant à la main vn lingot d'or.

O Couleur nompareille ! ô metal precieux !
  O combien ton éclat donne auant dans les
yeux !
Que ton lustre est charmant , qu'il fait naistre de
  flâmes,
Qu'il allume de feux dans les plus froides ames !
Que de cœurs sont picquez du desir de t'auoir !
Mais, si ie n'y consens, nul n'en a le pouuoir.
Toutes les mines d'or sont de mon heritage;
Ceux qui regnent dans l'air , n'ont pas cét auan-
  tage.
Quand ie fonds mes lingots aux portes de l'Enfer,
Ils forgent des carreaux qui ne sont que de fer.
Tout le môde s'enfuit quand leur tonnerre grôde;
Et le son de mon or resioüist tout le monde.
Que si mesme les cieux vantent tant leur Soleil,
Ce metal éclattant m'en fournit vn pareil.
L'autre offence les yeux, & le mien les recrée;
Il n'est pas mesme aueugle, à qui le mien n'agrée.
                    F iiij

Ce beau pere du iour, tel que nous le voyons,
Vient icy prendre l'or qu'il met à ses rayons;
Il roule incessamment pour en trouuer la source,
Ce n'est qu'à ce dessein qu'il haste tant sa course
Enfin s'il la pouuoit rencontrer vne fois,
Il ne changeroit pas de maison tous les mois.
Et sans s'aller plonger chaque iour dedans l'onde
Il seroit en repos dans le centre du monde.
Non, non, dans l'Vniuers il n'est Prince ny Roy,
Plus aymé, plus chery, plus honoré que moy.
Il n'est rien sous le ciel qui ne soit à mes gages;
Les petits, & les grands, me rendent leurs hom-
    mages,
Vn monde tout entier s'occupe à me chercher,
Et les faux-bourgs d'Enfer ne sçauroient me ca-
cher.
On perce les rochers, on éuentre la terre,
Pour trouuer les thresors que mon domaine en-
serre;
Et tout vieux que ie suis, i'ay plus de Courtisans
Que les autres beautez à la fleur de leurs ans.
Peut-on voir vn Bijou, que mon or n'enuironne?
Peut-on faire sans moy, ny Sceptre, ny couronne?
Et se peut-on seruir du plus fin diamant,
S'il n'emprunte de moy son plus bel ornement?
Sçait-on pas qu'à l'instant que quelqu'vn me pos-
sede,
Tout le monde le craint, tout le monde luy cede,
Et tel qui l'autre iour luy fist vn rude affront,
Pour souffler deuant luy n'a pas assez de front?
D'aussi loin qu'on le void, on fait la reuerence;
On se baisse, on s'abysme, au moins en apparence
Et les plus orgueilleux pour le mettre au dessus,
A force de plier, en sont comme bossus.
Vn homme est trop heureux quand nous allons
    ensemble,
Il fait impunément tout ce que bon luy semble,

Le crime le plus noir se blanchit en ses mains,
Les Iuges n'ont pour luy que des Arrests humains;
On le met sur le thrône , on le flatte,on le loüe,
Lors qu'il meriteroit d'estre mis sur la roüe.
Son plus fidele amy trauaillant nuict & iour,
Sollicite pour luy les Messieurs de la Cour;
Et l'on trouue à la fin que le son des pistoles,
Est bien plus éloquent que celuy des paroles.
Quiconque m'a trouué propice à ses desirs,
N'a-t'il pas rencontré la source des plaisirs?
Il se peut faire aimer, & rendre redoutable,
Les plus friands morceaux se mangent à sa table,
Les habits precieux, les superbes Palais,
La gloire,& le bon-heur, ne luy manquent iamais.
Mon éclat sert aussi de belle couuerture
Aux plus sales defauts que fasse la nature.
Quelque laide qu'on soit; auec des diamans,
De l'argent, & de l'or, on trouue des amans.
Vne petite naine, vne more & camuse,
Vn visage de singe, vne vieille Meduse,
Auec son nez tout plat , & son œil chassieux,
(Tourment des autres nez,côme des autres yeux.)
Auec son poil de vache,auec sa forte haleine :
Quand on la couure d'or, passe pour vne Helene.
Et bien qu'en chaque membre,à sõ corps attaché,
La nature marastre ait fait plus d'vn peché;
Il n'y sçauroit auoir de si vilaine tache,
Ny de si grand defaut , qu'vn voile d'or ne cache.
Et la plus contre-faite , en se faisant dorer,
Se peut faire seruir, se peut faire adorer.
L'ébene de ses dents sera pleine de charmes,
Pour son front tout ridé, l'on versera des larmes,
Son cuir à faire crible, & son teint de corbeau,
Feront honte aux rayons du celeste flambeau.
Ainsi la couleur d'or a bien plus d'auantage,
Que tout le vermillon qu'on met sur le visage.
Mais quand auray-ie fait, si ie veux raconter,

Mille autres qualitez dont ie me puis vanter?
On ne le sçait que trop, la chose est asseurée,
Ce seroit vn discours d'eternelle durée.

PAMPHILE.

Prince, qui ne parois qu'entre les demy-Dieux,
N'ayant pas dédaigné de venir en ces lieux,
Où tout l'air retentit du bruit de tes conquestes
Fay-nous la grace entiere; Accorde nos requestes

CHRYSON.

Demandez seulement, sans crainte de refus:
Ie vous accorde tout.

PAMPHILE.

     Ah, tu nous rends confus
La faueur est extréme, & n'a rien qui l'égale.

DORANTE.

Grand Prince,

CHRYSON.

   De combien veux-tu qu'on te regale

DORANTE.

Grand Prince, ie sçay bien que tu peux tout d'vn
 coup
Soulager tes amis, & leur donner beaucoup:
Tu connois nos besoins; & sans que ie demande
Ta liberalité sera tousiours trop grande.

CHRYSON.

Tien, garde cét anneau, dont ie te fay present,
Il est plus precieux cent fois, qu'il n'est pesant.
Il ne faut qu'en frotter les cordons de ta bourse,
Et l'or en coulera, comme vne eau de sa source
Pour estre heureux au ieu l'espace de six mois,
Porte-le vn iour, ou deux, au moindre de tes doits

DORANTE.

O Prince liberal ! ô grace inestimable !
Que l'vne est magnifique, & que l'autre est aima-
    ble !

CHRYSON.

L'vn & l'autre est à vous : mais auant mon dé-
    part,
D'vn bien plus acheué, ie vous veux faire part.
Mes filles, trauaillez, d'vne ardeur non commune,
A les combler de gloire, & de bonne fortune,
Ne les quittez iamais, & faites leur sçauoir,
Combien auprés de moy vous auez de pouuoir.

EVTIQVE.

Ceux qui d'aueuglement autresfois m'ont blaf-
    mée,
Plus aueugles que moy, blessoient ma renommée,
Ils iugeoient sans connoistre, & parloient à credit.
Ce ne sont que faux bruits, I'y voy mieux qu'on
    ne dit.
Le vif éclat de l'or me donne dans la veuë,
Et charme les beaux yeux, dont le ciel m'a pour-
    ueuë.
Ie cours à cét objet dés que ie l'apperçois ;
Nul ne va chez Chryson, qu'aussi-tost ie n'y sois ;
I'ayme ceux qu'il cherit, i'ay soin de leurs per-
    sonnes ;
Si i'ay des dignitez, de l'honneur, des couronnes,
Si i'ay de la faueur, & du bien, c'est pour eux.
Il ne tient pas à moy qu'ils ne soiët bien heureux

EVDOXE.

I'ajuste au poids de l'or, celuy de mes harangues ;
Plus on a de lingots, plus i'exerce de langues ;
Et quand on me fournit des trompettes d'argent,
Ie fais bien resonner vn cantique obligeant.

Pour immortaliser l'éloge d'vn Illustre,
L'ancre n'a pas assez de couleur, ny de lustre.
Ce n'est qu'en lettres d'or qu'on escrit ces beaux
    vers,
Qui font connoistre vn homme au bout de l'Vni-
    uers.

EVTIQVE.

Auec le vieux Chryson i'ay grande sympathie,
Dés qu'il quitte le ieu, ie quitte la partie;
Et s'il ne le reprend, ie n'y retourne pas;
En vn mot, sans Chryson ie ne puis faire vn pas.
Tandis qu'on est heureux, & qu'on a les mains
    pleines,
Ie donne amis, parens, & valets à centeines;
Mon visage est riant, & mon œil gracieux,
I'accable de bien-faits, i'éleue iusqu'aux cieux;
Mais dés qu'vn accident t'a rauy les richesses,
Mon visage est farouche, & n'a plus de caresses;
Tes amis d'autre-fois ne te connoissent plus;
Implorer leurs secours sont des mots superflus;
Et ceux qui te faisoient des offres nompareilles,
N'ont plus pour toy, ny d'yeux, ny de mains, ny
    d'oreilles.

EVDOXE.

Dans ce mesme accident, ie ne puis plus loüer;
Et ma voix, aussi-tost commence à s'enroüer :
Si ce n'est qu'elle estale en forme de loüanges,
Des vices, des defauts, & des crimes estranges.
Ceux à qui ie donnois les noms de Generaux,
De Grands, de Conquerans, ne sont plus que
    maraux.
Pour les tiltres d'honneur, d'Excellences, & d'Al-
    tesse.
Ie découure leur foible, & fais voir leur bassesses
Ils n'ôt plus de lauriers qui ne soient tous sechez;
Leurs vertus d'autres-fois, passét pour des pechez.
                Et pour

Et pour faire plaisir à la ialouse troupe,
En cent mille façons ma langue les découpe.

EVTIQVE.
presentant vn Miroüer enchanté.

Dorante, cher Dorante, auant que m'en aller,
D'vn spectacle plaisant ie te veux consoler.
Contemple ta fortune au fonds de cette glace.

DORANTE.

Obligeante beauté, que tu me fais de grace!
O fortune, ô grandeurs, ô rauissans appas!
O Dieu, que voy-ie icy? mais que n'y voy-ie pas?

SCENE CINQVIESME.

ZOSIME, EVDEMON, DORANTE, PAMPHILE, CHRYSON, EVTIQVE, EVDOXE,

ZOSIME.
tenant en main vne teste de mort.

Regarde ce miroir, où tu pourras apprendre,
Ce que tes vanitez doiuent enfin attendre.

Zosime
& Eu-
demon
ne sôt
visibles
qu'à
Doran-
te.

DORANTE.

Ah, cache ton visage, impitoyable mort!

PAMPHILE.

Dorante, quels objets t'espouuantent si fort?

DORANTE.

Ie la voy, ie la voy.

PAMPHILE.

Quelle melancolie

Réueille en ton ceruéau ta premiere folie?

G

DORANTE.

C'eft elle, ie la voy.

EVTIQVE.

    Deftourne icy tes yeux,
Voy ces charmans objets, ces meubles precieux,
Ces carroffes dorez, ces pompeux équipages,
Ce nombre de cheuaux, de Suiuans, & de Pages.

EVDEMON
monftrant vne Croix.

Confidere pluftoft cét objet de douleurs,
Ce corps meurtry de coups, ces yeux noyez de
  pleurs.

DORANTE.

Ah fidelle portrait, graué dedans mon ame!
I'ay tort, helas, i'ay tort; ta prefence m'entame,
Ie fuis, ie fuis percé iufques au fond du cœur,
C'eft affez refifté, ie me rends.

PAMPHILE.

    Le moequeur.
On diroit, à l'oüir, qu'vn feu diuin l'embrafe,
Et qu'il eft fur le point de fouffrir quelque extafe.
D'où luy vient ce transport? a-t'il perdu le fens?

EVTIQVE.

Les biens qu'on te promet, font-ils pas rauiffans?
Quoy! cét illuftre rang, cette charge honorable,
Cette faueur d'vn Roy, n'eft pas confiderable?

ZOSIME.

Confidere plutoft ces deux yeux enfoncez,
Ce nez rongé des vers, & ces traits effacez,
Nous te verrons bien-toft paroiftre en mefme
  forte.

DORANTE.

A cét horrible aspect, mon esprit se transporte,
Ie la voy cette mort, elle me fait sentir,
Que c'est le point fatal où tout doit aboutir.

PAMPHILE.

Dorante, mon amy, c'est vne phrenesie ;

CHRYSON.

Dorante, mon enfant, ce n'est que fantaisie.

EVTIQVE.

Dorante, vous révez, nous le connoissons bien.

EVDOXE,

Comment vois-tu la mort, où nous ne voyons
     rien ?

PAMPHILE.

Chasse de ton esprit l'objet qui t'importune,

ZOSIME.

Dorante: C'est icy ta derniere fortune,
Les biens, & les honneurs n'en sçauroient dis-
     penser,
Le voicy ce destroit, par où tu dois passer.

DORANTE.

O fortune, ô destroit, ô supplice, ô martyre?

EVDEMON.

Quoy, mourir vn supplice! oses-tu bien le dire !
Voyant vn homme-Dieu, qui par son propre
     choix,
Pour toy, pour ton salut, rend l'esprit sur la croix?
Imite cét exemple, & ly dans ce beau liure,
Comme tu dois mourir, & comme tu dois viure.

G ij

DORANTE,

Characteres sanglants, dure & douce leçon,
Ah, que vous m'instruisez d'vne estrange façon.

EVTIQVE.

Voy ces Nymphes de Cour superbement parées,
Ces augustes Palais, & ces chambres dorées.

ZOSIME.

Voy ces os décharnés, ce crane sec, & ras,
Voilà, dans peu de iours, tout ce que tu seras.
Il auoit autre-fois la cheuelure blonde,
Les éclairs de ses yeux rauissoient tout le monde,
Il estoit comme toy : tu seras comme luy.

CHRYSON.

Ieune fou, veux-tu donc réver tout aniourd'huy,
Pourquoy t'estonnes-tu d'vne vaine figure,
Qui ne t'approchera, de cent ans, qu'en peinture?

SCENE SIXIESME.

ANDROMIQVE, DORANTE, PAMPHILE

ANDROMIQVE
parlant à son Chien.

Tey Mirau mon valet, Allons à la curée!
Mais voicy des gaillards, pour passer la
soirée,
Il les faut aborder. Pamphile, Dieu te gard?

PAMPHILE.

Andromique bon soir.

ANDROMIQVE.

Que fais-tu là si tard?

PAMPHILE.

Ie m'y viens diuertir auec l'amy Dorante,
Mais c'est vn songe-creux.

ANDROMIQVE.

Qu'est-ce qui le tourmente?

PAMPHILE.

La mort, à ce qu'il dit , le vient prendre au collet.

ANDROMIQVE.

O Voire?

PAMPHILE.

Tout à bon.

ANDROMIQVE.

A-t'il l'esprit follet?

Ou le timbre affligé?

PAMPHILE.

Ce n'est pas ma creance;
Mais on le iugeroit à voir sa contenance,
Son esprit occupé de ce fascheux soucy,
Ne pense mesme pas que nous soyons icy.
Vois-tu comme il est fait, comme il plaint, comme
   il tremble,
Comme il roule les yeux !

ANDROMIQVE.

Ah, qu'est ce qu'il ressemble!
Emmenons-le baigner, pour le mieux diuertir.

PAMPHILE.

C'est vn fort bon dessein, s'il y veut consentir.

ANDROMIQVE.

Laisse-moy gouuerner, ie le vay faire rire.

G iij

PAMPHILE.

Tu ne feras pas peu, ie te laisse conduire.

ANDROMIQVE.

Tu verras le succés. Hé pauure trépassé,
Vois-tu ce que i'ay pris ? n'ay-ie pas bien chassé,
I'eusse pû me charger d'vne plus grosse beste,
Que i'auois mise à bas, d'vn grand coup dans la
   teste;
Mais elle n'auoit rien tout à fait que les os :
Et ie n'ay pas daigné la metre sur mon dos.
Ie croy que c'est la mort, ou du moins sa figure,
Vn coup si fortuné m'a donné bon augure.

DORANTE.

Chasseur mon cher amy, tu te vantes beaucoup,
Auoir tüé la mort, ce seroit vn grand coup.
Non, ie ne pense pas qu'elle soit abatuë,
Mais ie crains bien plustost que la mort ne te tuë.

ANDROMIQVE.

Ie te dis sans mentir qu'elle ne souffle plus.

DORANTE.

Quand i'en serois d'accord, qu'est-ce que tu con-
   clus ?

ANDROMIQVE.

Qu'il faut rire, danser, sans réver dauantage,
Et s'aller rafraischir dans ce ioly bocage,
Nous y rencontrerons vn large, & clair ruisseau,
Où l'on void le grauier iusques au fonds de l'eau,
Tous les objets voisins se baignent dans son onde,
Et sa face liquide en peintures feconde
Monstre tout à la fois le ciel, la terre, & l'air,
L'aigle y semble nager, & le brochet voler.

De moy, quoy qu'il me couſte, il faut que ie me
 baigne,
Ie ſens trop de chaleur, il faut que ie l'eſteigne.
Venez ſi vous voulez : Car ie n'attends plus rien.

PAMPHILE.

Allons Dorante, allons.

DORANTE.

Allons, ie le veux bien.

SCENE SEPTIESME.

ZOSIME, EVDEMON.

ZOSIME.

Eſprits plongez dans la matiere,
Qui tenez le bas élement :
Ah, que ie pleind l'aueuglement,
Qui vous a ſillé la paupiere !
Vous prenez le iour pour la nuit,
Vous n'aimez que ce qui vous nuit,
Vous vous fondez ſur l'inconſtance ;
Vous voulez partager vn point,
Et trouuer de la conſiſtance,
Dans vne ombre qui n'en a point !

EVDEMON.

Vous tenez pour choſe aſſurée,
Ce qui n'eſt que deſguiſement ;
Et ce qui paſſe en vn moment,
Vous paroiſt de longue durée ;
Vous nommez les ſages des fous,
Ce dur exil vous ſemble dous,
Et vous fuyez voſtre patrie ;
Immolant à la vanité,
Par vne horrible idolatrie,
Tous les biens de l'Eternité.

G iij

ZOSIME.

Dans toute la ronde machine,
Il n'est rien de si bien caché,
Quand vous l'auez vn peu cherché,
Dont vous ne trouuiez l'origine :
Vous auez les esprits aigus,
Et voyez mieux que des Argus,
Tout ce qui n'a que l'apparence :
Mais pour ce qu'il faudroit sçauoir,
Vous en estes dans l'ignorance,
Et n'auez point d'yeux pour le voir.

EVDEMON.

Vous lancez les bestes sauuages,
Dans leurs plus espaisses forets;
Et vous sçauez tendre vos rets,
Aux plus cachez de leurs passages;
Vous sçauez où vient l'ambregris,
Où naissent les pierres de prix,
Le Rubis, l'Opale, & l'Agate;
Au sein des plus profondes eaux,
Vous trouuez la fine escarlate,
Et le sucre dans ses roseaux.

ZOSIME.

Vous sçauez que les perles fines,
Ne croissent pas sur le buisson,
Vous ne iettez pas l'hameçon,
Dessus la croupe des collines;
Vous n'allez pas sur les Ormeaux,
Pour prendre l'or à leurs rameaux,
Mais dans la mine qui l'enserre.
Pourquoy doncques Ambitieux,
Cherchez vous vn bon-heur en terre,
Qu'on ne trouue que dans les Cieux?

Fin du quatriesme Acte.

ACTE V.

SCENE PREMIERE.

CLEON, ALIDOR, Villageois.

ALIDOR.

MOn pere, où estes-vous ? ô chose pitoyable!
O destin mal-heureux ! accident effroyable!

CLEON.

Qu'est-ce donc mon enfant?

ALIDOR.

        O desastre , ô mal-heur?
I'en ay le cœur outré d'vne extreme douleur.

CLEON.

Dy moy, sans plus tarder , cette triste nouuelle,
Tu me tiens en suspens.

ALIDOR.

        O fortune cruelle!
Tandis que ie cherchois au bord de ce ruisseau,
Quelque peu de bois mort, pour en faire vn fais-
    seau,
Trois ieunes compagnons à peu pres de mon âge,
Se viennent presenter dessus l'autre riuage,
Plus beaux que le Soleil , plus droits que des
    sapins,
Plus gentils, plus polis que de petits lapins,

Là, s'estans despoüillez de leurs habits de soye,
Ils sautoient, ils dansoient, ils bondissoient
    ioye:
Ie les trouuois disposts comme des écurieux,
Et nos petits cheureaux ne sçauroient faire mieu
Mais apres mille sauts, apres mille gambades,
Apres s'estre donné mille & mille estocades,
L'vn des trois sur le point de se ietter dans l'ea
Pour essayer le bain, & sonder le ruisseau.
Comme s'il rencontroit quelque forte barriere
Par trois fois se reprend, & retourne en arriere
Ie ne sçay quelle horreur l'arreste sur ses pas
Il auance, il recule, il veut, & n'ose pas.
Les autres se piquants d'vn plus noble courage,
S'élancent au milieu, s'exercent à la nage,
Et découpent les eaux en cinquante façons,
Aussi legerement que feroient des poissons.
Mais, à quoy se termine vn plaisir qui se fonde
Sur les flots inconstans, & les vagues de l'onde
Le plus agé des deux, qui nageoit sur son dos,
Sent vne froide humeur se glisser dans ses os,
Qui luy roidit les nerfs, & le rend immobile.
Aussi-tost il s'escrie; Ah Pamphile, Pamphile,
Ie meurs, helas, ie meurs ! O perfide élement!
Compagnons au secours, ie perds le mouuement
Dieu du Ciel pardonnez, l'autre croid qu'il se
    moque.
Et venant lentement, void que l'eau le suffoque,
Il voudroit s'esloigner, mais il n'en est plus temps
L'infortuné se prend à ses cheueux flottants,
L'embarrasse d'abord, l'incommode, le gesne,
De là vient au collet, s'en saisit, & l'entraisne.
Ainsi coulans à fond, l'vn à l'autre accrochez,
Il ne s'en parle plus, les voilà despechez.

CLEON.

O funeste accident ! folle, folle ieunesse,

Hé que si tu croyois ce que dit la vieillesse !
Tu ne tomberois pas dans de si grands mal-heurs;
Tu ne cousterois pas aux parens tant de pleurs;
Fuyant, par leur conseil, la desbauche, & le vice,
Tu viurois plus long-temps , pour leur rendre
    seruice.
Tu les soulagerois dans leur necessité,
Tu serois le baston de leur caducité.
Ce que nous amassons auecque que tant de peine,
Seroit entre tes mains vne chose certaine,
Et tu pourrois ioüir, sans trauaux, ny dangers,
Des biens que nous voyons passer aux estrangers.
Mais, si quelque parent, que le temps a fait sage,
Veut vn peu moderer la chaleur de ton âge:
Voicy ce que tu dis. Hé le pauure vieillard,
Laissons-le tempester , ce n'est qu'vn babillard!
Nous ne faisons iamais à son gré rien qui vaille;
Ce n'est plus qu'vn réveur, vne vieille medaille.
Son temps passe, il est fou , c'est vn vieux radot-
    teur.
Et tu crois bien plustost quelque ieune flatteur,
Qui de tes libertez camarade & complice,
S'accorde , & condescend à ton mauuais caprice,
Et dans tes passions contentant son desir,
Trouue son interest à te faire plaisir.
Et puis qu'arriue-t'il? ie ne sçay plus qu'en dire?
Le monde à mon auis , tous les iours deuient pire;
Il n'est que trop certain , nous voyons qu'en ce
    temps,
On a plus de malice à l'âge de sept ans,
Qu'on n'en auoit iadis à vingt & cinq ou trente.
Il n'est plus de franchise, elle n'est qu'apparente.
Il n'est plus d'amitié, de vertu, ny d'honneur :
Et dans le seul plaisir on met tout son bon-heur.
Quel remede à cela: C'est vn mal incurable?
La ieunesse auiourd'huy ne craint ny Dieu, ny
    Diable.

Mon fils, si tant d'excés emportoient tes desirs,
Tu me ferois mourir de mille déplaisirs.
Mais acheue, en trois mots, l'histoire commence

ALIDOR.

Ie vous ay raconté comme elle s'est passée.
Il n'en reste plus qu'vn.

CLEON.

Qu'vn ! de combi

ALIDOR.

De tr

Il est au desespoir, n'oyez-vous pas sa voix?
S'il n'a quelque secours, ie crains qu'il n'y
       meure;
Allons-le soulager.

CLEON.

Allons, à la bonne heu

Marche, passe deuant.

SCENE SECONDE.

DORANTE, CLEON, ALIDO

DORANTE.

Helas, mes chers am
Vous voyez l'accident que le Ciel a permis.
De grace, prestez-moy vostre main secourable
Assistez, s'il vous plaist, vn pauure miserable;
Ne m'abandonnez-pas, dans cette extremité.

CLEON.

Monsieur, vsez de nous en toute liberté.
Nous sommes bien grossiers, mais non pas inse
       sibles;

Nous tenterons pour vous, toutes choses possi-
bles.

DORANTE.

Faites-moy la faueur de tirer sur le bord,
Ces restes mal-heureux des flots, & de la mort.

CLEON.

Ouy dea, tres-volontiers, la raison le demande,
Là, despesche Alidor, fay ce qu'on te commande,
Entre dans le ruisseau, descend, encor plus bas,
Tien ferme, prend les pieds, & me laisse les bras;
Ah les pauures enfans, n'est-ce pas grand dōmage!
Apprend mon fils, apprend cōme il faut estre sage.

Ils ti-
rēt les
corps
sur la
Scene.

SCENE TROISIESME.
DORANTE seul.

PAmphile, objet fatal de ma folle amitié!
  Tu n'es donc à present, qu'vn objet de pitié?
Et le Ciel auiourd'huy marquāt ta derniere heure,
Ton esprit a quitté sa premiere demeure!
Où sont tous ces thresors, dōt Chryson te flattoit?
Ces honneurs, ces plaisirs, que l'on te promettoit?
Cette faueur des Grands, ces riches diadémes,
Cette fortune d'or, ces dignitez suprémes,
Tout ce grand appareil, d'illustres actions,
De desseins genereux, & de pretentions?
O vains amusemens, ô fausses esperances!
O folles vanitez, trompeuses apparences!
Las, il n'en reste plus que l'ombre seulement,
Tout cela s'est fondu, dans vn petit moment.
Où sont, Pamphile, où sont les traits de ton
  visage?
Les esprits rayonnans de cette viue image?
Les charmes de ta voix, les éclairs de tes yeux,
Ce teint si delicat, ce port si gracieux,

H

Cette agreable humeur, cette santé si ferme,
A qui l'on eust donné plus de cent ans de terme,
Las, il n'en reste rien qu'vn triste souuenir,
Tout cela s'est passé pour ne plus reuenir!
Ce n'est dõc pas en vain, que la mort nous menace,
Il n'est point de beaux traits que sa rigueur n'ef-
    face,
Elle frappe de prés, elle blesse de loin,
Pamphile, tu m'en sers de fidele tesmoin.
Mais, qui sçait maintenant, aprés tant de delices,
Si tu ne souffres point quelques rudes supplices?
Ie ne puis le sçauoir, c'est vn trop grand secret,
Le desir de l'apprendre en est mesme indiscret.
Ie voy bien que ton corps s'écoule en pourriture,
Que l'odeur qu'il répand, presse sa sepulture,
Et que, dans peu de iours, les vers l'auront mangé.
Mais, qui me pourroit dire où l'esprit est logé?
Cét esprit immortel? Ie fremis quand i'y pense,
Est il dans les tourmens, ou dans la recompense?
O mystere estonnant! gesne de nos esprits!
Extase de nos sens! Quand t'auray-je compris?

SCENE QVATRIESME.

DORANTE, ZOSIME, ASTREE, ANDROMIQVE, PAMPHILE, EVDEMON, PIRASTE, POLEMON, HERMES.

ZOSIME.

Voûtes du Firmamét, qui roulez sur vos poles,
Escoutez, en tremblant, le son de mes paroles,
Et vous, terre maudite, insensible element,
Oyez, oyez ma voix, auec estonnement.
Sus cadavres puants, cendres inanimées,
Escoutez de la part du grand Dieu des armées,
En attendant le iour du Iugement final,

Ie vous cite auiourd'huy deuant son Tribunal.
Bons, & mauuais esprits, tesmoins de leur malice,
Accompagnez icy la Diuine Iustice.
Quiconque est innocent, quiconque est criminel,
Qu'il vienne entendre icy son Arrest eternel.
Sus morts, leuez-vous donc, venez en diligence,
C'est ainsi que l'ordonne vn Dieu plein de ven-
   geance.

ANDROMIQVE.

Espouuentable iour !

PAMPHILE.

       Ô iour plein de terreur !

ANDROMIQVE.

O Iuge redoutable !

PAMPHILE.

       O Diuine fureur !
Pour me mettre à couuert d'vne telle tempeste,
Rochers, monts sourcilleux, creuez-vous sur ma
   teste.

ANDROMIQVE.

Helas, Princes du ciel, troupes des Bien-heureux !
Tirez-moy, s'il vous plaist, d'vn pas si dangereux.

ASTREE.

Que l'on n'espere plus de pardon, ny de grace :
Le temps en est passé, i'en vien prendre la place.
Maintenant, c'est à moy de paroistre à mon rang,
Et de desalterer mon glaiue dans le sang.
Il faut rompre l'obstacle, & renuerser la bonde;
Il faut que le Torrent de ma Colere inonde.
L'effort de la Douceur ne peut plus m'arrester,
Il faut, enfin, il faut qu'on me laisse éclatter.
Ie veux faire connoistre à ces grains de poussiere,

Qu'on ne doit pas s'en prendre à l'essence pre-
    miere.
Ie veux faire sentir à leur témerité,
Ce que peut faire vn Dieu quand il est irrité.
Sus, que les criminels viennent en ma presence:
Que leurs biens & leurs maux soient mis dans la
    balance;
Et qu'il ne reste point de crime si caché,
Qui par quelque tesmoin ne leur soit reproché.
Mais, qu'on ne pense pas me déguiser les chose
Ie les sçauois auant qu'elles fussent éclofes;
Ie voy dans l'auenir, & mes regards vainqueurs
Penetrent les secrets, & l'abysme des cœurs.
De tout ce qui se fait, rien n'échappe à ma veuë
Ie ne puis deceuoir, non plus qu'estre deceuë,
La faueur, les presens, la crainte, & l'interest,
Ne sçauroient alterer, ny changer mon Arrest.
De quelques assesseurs que ie sois inuesties
Ie suis pourtant icy tesmoin, iuge, & partie.
Ce n'est que par honneur que ie les fais venir,
Pouuant auec vn mot, & conuaincre, & punir.

PIRASTE.

Condamnez ce meschant, d'estre mis à la gaule
Il a vescu trois ans, dans l'extréme débauche,
Et la mort l'a surpris en ce mauuais estat,
Donnez, donnez-moy donc, ce maudit Apostat

ASTREE.

Ton accusation semble trop generale.

PIRASTE.

Il a sollicité la puissance Infernale,
Pour auoir des plaisirs, & du bon-heur au lieu,
Quoy, n'est-ce pas assez pour meriter le feu!

ZOSIME.

Il a fait, mille fois, vne guerre mortele.

A ce cher nourriſſon, que i'ay ſous ma tutele.
Si ie luy ſuggerois quelque bon ſentiment
De la Mort, de l'Enfer, du dernier Iugement :
D'abord ils'en mocquoit , & par ſes railleries,
Toutes ces veritez paſſoient pour réveries;
Et le pauure garçon en eſtant diuerty,
Se rendoit à la fin , & prenoit ſon party.
O Reyne, puniſſez vne telle malice !
I'en demande raiſon, i'en demande iuſtice,

EVDEMON.

Ne me regarde point, non, non, c'eſt t'abuſer:
Ie ne rencontre rien qui te puiſſe excuſer.
Lors que ie t'ay fourny les moyens de bien viure;
Tu t'es mocqué de moy, refuſant de les ſuiure:
Cherche vn autre garãt, cherche vn autre ſouſtiẽ,
Cherche vn autre tuteur; ie ne ſuis plus le tien.

HERMES.

I'ay ſouuent annoncé les terribles menaces,
Que Dieu fait aux ingrats qui meſpriſent ſes
     graces ;
I'ay parlé mille fois de ce dernier moment,
D'où dépend vn eſtat qui dure inceſſamment.
I'ay fait ſonner bien haut, à toutes les oreilles,
Du mal-heur eternel les rigueurs nompareilles :
L'eſprit de verité s'expliquant par ma voix,
A condamné le monde , & ſes iniques loix :
I'ay repris le peché, iuſqu'à perte d'haleine.
Mais, i'ay perdu mon temps , mon eſtude , & ma
     peine.
Ce cœur impenetrable, & plus dur que le fer,
Ne peut eſtre amolli que par le feu d'Enfer.

POLEMON.

Eſcoutez ce que dit mon grand liure de compte,
C'eſt icy, l'inſolent, qu'il doit rougir de honte.

Silence, commençons; Ie trouue en premier lieu,
Deux mille iuremens du sacré nom de Dieu.
Item, qu'il a volé cent escus à son pere,
Trois collets, vne bague, & vingt francs, à sa mere
A son oncle, vn bassin, deux bijous à sa sœur;
Et que tout ce butin fut, ou pour vn danseur,
Ou pour vn cabaret, & pour vne raquette;
Ou pour vn berlandier, & pour vne coquette;
Ou pour la Comedie, & pour les Charlatans;
Ou pour se diuertir en d'autres passe-temps.
Item, qu'à ses parens, vingt fois, il eust enuie,
Qu'vn funeste accident rauist l'ame, & la vie.
Item, que mille fois, par d'infames efforts,
En profanant son ame, il a souillé son corps.
On compteroit plustost tous les replis des ondes,
Que ses sales discours, & ses desirs immondes.
Aussi les plus ardents, & plus grands de ses soins
Furent pour des plaisirs de boucs, & de marsoins,
Item, que par son cœur, & ses yeux de Lamie;
Il a changé l'Eglise en vn lieu d'infamie
Et qu'aux iours destinez pour rendre hommage à
   Dieu.
Cent fois, au lieu de Messe, il n'a pensé qu'au ieu
Item, que seize fois, trop de vin dans sa teste,
En noyant sa raison, l'a fait deuenir beste.
Item, qu'il s'est mocqué, quarante & quatre fois,
De la Religion, & de ses sainctes Loix.
Item, que sans respect, ny d'Autels, ny de Temples
Il a donné par tout mille mauuais exemples.
Item, dix & neuf fois, que, comme vn faux Iudas
Plus obstiné que luy, plus fier que ses Soldats,
A la table d'vn Dieu, portant vn cœur de traistre,
De sa bouche profane, il a baisé son Maistre.
Aprés que par feintise, & sacrilegement,
Il auoit abusé d'vn autre Sacrement.
Item, que pour vn mot, à l'ombre d'vne offence,
Cent fois il a tramé des desseins de vengeance.

Item,

ASTREE.

C'eſt trop, c'eſt trop.

POLEMON.

Acheuons ſon procés,
Mon papier eſt chargé de mille autres excés.
Item,

ASTREE.

Non, non, c'eſt trop: n'en dis pas dauantage,
La nuict, le feu, l'Enfer, ſeront ſon heritage.
L'Enfer, cette priſon de tous les criminels,
Que ma haine abandonne aux tourmens eternels;
L'Enfer, ce noir cachot, cette affreuſe cauerne,
Où regne le deſordre, où la rage gouuerne;
Où le vain repentir, les inutiles pleurs,
Les deſirs ſans eſpoir, augmentent les douleurs;
Où le feu deuorant, que mon courroux allume,
Iamais ne s'affoiblit, & iamais ne conſume.
Où les eſprits maudits, l'vn ſur l'autre entaſſez
Paſſent, de ces braſiers, en des eſtangs glacez;
Roulants inceſſammēt, du froid, dans la fournaiſe,
De la braiſe, aux glaçons; des glaçons, en la braiſe.
Où d'eſprit, & de corps, l'homme eſclaue eſt ſoū-
mis,
A de cruels bourreaux, qui ſont ſes ennemis.
Où l'ame, à tous les maux, ſans relaſche, eſt en
proye,
Où iamais le chagrin ne fait place à la ioye,
Où les moindres momēs, ſont des ſiecles d'ennuis,
D'immortelles fureurs, & d'eternelles nuicts.

PAMPHILE.

Eſt-ce dans ces mal-heurs que le deſtin m'egage?

ASTREE.

Perfide, oſes-tu bien vſer de ce langage?

H iiij

Quoy? tu ne respons rien à tant d'accusateurs?
Sont-ce de faux tesmoins, sont-ce des imposteur
Que dis-tu mal-heureux, où sont tes reparties?
Parle, oppose, confond, si tu peux, tes parties.
Mais tu ne sçais que dire, infame, audacieux,
Tu pretens me corrompre auecque tes doux yeu
Tu crois par tes soûpirs, & par l'eau de tes larme
Esteindre ma colere, & m'arracher les armes?

PAMPHILE.

O ma Reyne !

ASTREE.

Ta Reyne ! Hé quand l'aurois-je est
Lors que tu me brauois, auec impunité ?

PAMPHILE.

Helas, ie te coniure, ô Princesse Diuine !

ASTREE.

Que tu traitois plus mal, qu'vne pauure coquine.

PAMPHILE.

Par ta couronne d'or !

ASTREE.

Que tu voulois m'oste

PAMPHILE.

Par ce bras tout-puissant !

ASTREE.

Qui ne t'a pû domter

PAMPHILE.

Par l'éclat de tes yeux !

ASTREE.

Ils ont veu tes malices,

Et doiuent estre aussi tesmoins de tes supplices.

PAMPHILE.

Par tes plus chers amis.

ASTREE.

                Tu n'és plus en ce rang.

PAMPHILE.

Par ce glaiue,

ASTREE.

        qui doit s'enyurer de ton sang.

PAMPHILE.

Par toute l'équité de tes iustes balances.

ASTREE.

Le poids de tes forfaits , & de tes insolences,
Emporte le bassin qui panche à la rigueur.

PAMPHILE.

Par ce qui doit te vaincre, & t'amollir le cœur,
Par toutes les douceūrs de IESVS-CHRIST mon
    Maistre.

ASTREE.

Il ne te connoist point qu'en qualité de traistre.

PAMPHILE.

Par le sainct charactere , & le nom de Chrestien.

ASTREE.

N'emprunte point ce nom, qui ne fut iamais tien,

PAMPHILE.

O Reyne, pardonnez !

ASTREE.

                Moy, que ie te pardonne?

Contre le droiɔt diuin , & les loix que ie donne,
Maintenant le pardon n'entre plus en quartier,
Il faut que la Iuſtice exerce ſon meſtier.

PAMPHILE.

I'en appelle au Parquet de la Miſericorde.

ASTREE.

Execrable, effronté, crois-tu qu'on te l'accorde
Aprés l'auoir ça bas mille fois recusé.
Se faut-il eſtonner qu'il te ſoit refuſé?

PAMPHILE.

Il eſt vray, i'ay peché contre la Loy diuine.
O ver, horrible ver, qui ronges ma poitrine!
O carnacier Vautour qui me vas becquetant,
O remors importun! Quand ſeras-tu content!
Ie voy de tous coſtez vne affreuſe tempeſte,
Ie voy mille carreaux qui fondent ſur ma teſte,
Si i'éleue les yeux, ie ſuis remply d'effroy;
Tous les aſtres du ciel ſont liguez contre moy.
Si ie regarde en bas , la terre ouure ſon ventre,
Et ie ſuis menacé de tomber iuſqu'au centre.
O Reyne as-tu le cœur plus dur que le rocher?
Vn mal comme le mien doit-il pas te toucher?

ASTREE.

Ie m'en ris, ie m'y plais ; C'eſt ainſi qu'il me
touche.

PAMPHILE.

Tu t'en ris, tu t'y plais ? ô barbare ! ô farouche!
Falloit-il me donner des ſentimens charnels,
Pour me precipiter en des feux eternels?

ASTREE.

Tu pouuois les domter, & tu le deuois faire,

PAMPHILE.

Helas, ie n'auois pas le flambeau qui m'éclaire.

ASTRÉE.

N'auois-tu pas la foy, l'esprit & la raison ?

PAMPHILE.

Mais pourquoy suis-je né d'vne riche maison ?

ASTREE.

C'estoit pour assister les pauures miserables,
Et non pas pour tramer des crimes execrables,
Mais il faut prononcer ton Arrest solennel:
Va maudit auorton , au brasier eternel.

PAMPHILE.

Que ne fais-tu plustost , que par vn coup de fou-
    dre,
Mon esprit, & mon corps se reduisent en poudre?
Que ne fais-tu plustost, qu'estant anneanty,
Ie retourne où i'estois quand le ciel fut basty.

ASTREE.

Tu viuras, tu viuras; mais pour mourir sans cesse.

PAMPHILE.

O rage, ô desespoir ! ô cruelle Princesse !
Ie mourray, sans mourir? ô parole de fer !

ASTREE.

Va, maudit reprouué, dans les flâmes d'Enfer.

PAMPHILE.

Mais, combien dureront des tourmens si funestes?

ASTREE.

Autant que Dieu viura sur les voûtes celestes.

PAMPHILE.

Eternité ! Iamais ! Iamais, Eternité !
Tu dureras autant que la Diuinité !
Tousiours, helas, tousiours ! ô terrible pensée!
Maudite Eternité, quand seras-tu passée ?
Comme peut-on durer dans vn si grand tourment?

ASTREE.

Va maudit l'éprouuer, & tu sçauras comment.

PAMPHILE.

Au moins, dans les ardeurs de mon ame embrasée,
Tu verseras, peut-estre, vn filet de rosée ?

ASTREE.

Non pas mesme vne goutte.

PAMPHILE.

                    O grincement de dents!

ASTREE.

Va brusler à iamais dans ces brasiers ardents.

PAMPHILE.

Laisseras-tu couler dans ces antres funebres,
Quelque petit rayon, qui perce mes tenebres!

ASTREE.

Non,non,iamais,iamais, tant que Dieu sera Dieu,
Tu ne verras le iour dans cét horrible lieu.

PAMPHILE.

Iamais, helas, iamais. O terrible pensée!
Eternité de maux, quand seras-tu passée ?
Mais, Puis qu'il faut aller dans ce feu deuorant,
Pour y mourir sans cesse, & reuiure en mourant,
Du moins vne faueur, ô Reyne pitoyable,
Arrache de mon cœur ce ver insatiable,

Ce bourreau familier, qui me ronge le sein.

ASTREE.

Non, ne m'en parle plus; ce n'est pas mon dessein.
Donne à d'autres le nom de Reyne pitoyable;
Ie suis iuste, & rien plus, ton ver insatiable
Te rongera le cœur perpetuellement;
Et viura dans le feu comme en son element.

PAMPHILE.

O nuict ! ô flâme ! ô ver! ô prison tenebreuse !
Eternité ! longueur à iamais mal-heureuse !
Supplices infinis, tousiours, Eternité,
Vous durerez autant que la Diuinité !
Autant que sa Iustice, autant que sa Puissance !
Autant que sa Grandeur, autant que son Essence!
O rage! ô desespoir ! ô grincement de dents !
O brasiers eternels, que vous estes ardents !
Maudit soit à iamais le iour qui m'a veu naistre,
Maudits soient à iamais ceux qui m'ont donné
     l'estre ;
Le sang qui m'a formé, le sein qui m'a conceu,
Les flancs qui m'ont porté, les mains qui m'ont
     receu;
Maudite soit aussi la nourrice cruelle,
Qui dans mes ieunes ans me donna la mammelle,
Maudits soient à iamais, l'air que i'ay respiré,
Les Cieux qui m'échauffants, m'ont encor E-
     clairé,
Les autres elemens, le feu, la mer, la terre,
Et tout ce que le monde en son pourpris enserre.
Maudit sois-ie moy-mesme, & tous les instrumens
Autant de mes plaisirs, comme de mes tourmens.
Que ne puis-ie sur moy renuerser la nature,
En destruire l'autheur, qui cause ma torture,
Reuoquer son Arrest, ennemy de mon bien,
Et me perdre auec luy, dans l'abysme du rien.

                                        I

ASTREE.

Ie souffre trop long-temps cette ame criminelle,
Va maudite à iamais dans la flamme eternelle.

PAMPHILE.

O nuict ! ô flamme ! ô ver ! ô rage ! ô cruauté !
Eternité , Iamais , Toufiours , Eternité !

SCENE CINQVIESME.

ASTREE , ANDROMIQVE , DORANTE,
POLEMON , PIRASTE , ZOSIME,
EVDEMON.

ASTREE.

Qve l'autre vienne oüir fa derniere fentence.
Accufez ; Deffendez ;

ANDROMIQVE.

Grands Saincts , voftre affiftance.

POLEMON.

Ie ne puis rien trouuer qui ne foit effacé,
De tout ce qu'il a fait, il s'en eft confeffé.

PIRASTE.

Il a pris trop fouuent le plaifir de la chaffe.

EVDEMON.

Ce plaifir innocent ne rauit point la grace.

POLEMON.

Il eft mort dans les eaux, comme vn defefperé.

ZOSIME.

Vn bon vent l'a conduit en vn port affuré.

Pource que chaque iour il donnoit des loüanges,
Et rendoit quelque hommage à la Reyne des
  Anges,
Elle l'a secouru dans cette extremité:
Le regret, & l'amour l'ont mis en seureté.

ASTREE.

Vien-çà, vien-çà chere ame, à iamais bien-heu-
  reuse,
Qu'vn pudique baiser de ma bouche amoureuse,
Bannissant la douleur, te comble de plaisirs,
Et d'vn bon-heur parfait remplisse tes desirs.
Vien-çà donc hardiment, ma saincte, ma fidele,
Commence à posseder vne gloire eternelle.

ANDROMIQVE.

Charme de nos esprits, sainctes douceurs du ciel,
Torrent de laict diuin, de nectar, & de miel,
Magnifique miroir où ie voy dans le Verbe,
Tout ce qu'il est de beau, de grand & de superbe!
Saincte Hierusalem, adorable Cité,
Seiour delicieux de la felicité!
Qu'il fait bon contempler la Verité premiere,
Viure de ses regards, ioüir de sa lumiere,
Se perdre heureusement dans ce souuerain bien,
Ne souffrir, n'esperer, & ne craindre plus rien.
O l'agreable iour qui commence à me luire!
Icy tout me contente, & rien ne me peut nuire;
Nous n'y redoutons plus, ny l'Enfer, ny la Mort;
Nostre voyage est fait, & nous sommes au port.
Adieu regrets, soûpirs, espoir, desirs, & craintes,
Nous voicy dans la gloire, exempts de vos at-
  teintes.
Le peché, la douleur, la peine, le soucy,
Et nul des autres maux, n'ose approcher d'icy.
Loin de tous les mal-heurs, & de tous les sup-
  plices,

On y gouste à souhait de celestes delices;
Vne parfaite amour, vne profonde paix,
Et tous les autres biens y regnent à iamais.
O Dieu, que de plaisir d'entonner vos loüanges,
Auec le Chœur des Saincts, & la troupe des
    Anges!
D'entrer dans les secrets de la Diuinité,
Regarder fixement toute la Trinité;
Sonder ce grand abysme, & voir en ce mystere,
Le Pere dans le Fils, le Fils dedans le Pere!
Dans ce Pere & ce Fils, l'Esprit qui n'est qu'a-
    mour.
Comme de trois Soleils, qui font vn mesme iour,
Les rayons eclattans compliquez par ensemble,
Dans l'estroite vnion du nœud qui les assemble,
Sont pourtant differents; & quoy qu'en mesme
    point;
L'vn dans l'autre meslez ne se confondent point.
O merueilleux objet dont la beauté m'attire!
Que ie voy clairement, & que ie ne puis dire!
O transport de mon ame! O mon diuin Espoux!
Vous serez tout à moy, ie seray toute à vous!
Allons à cette gloire; Allons sans plus attendre,
O bon-heur infiny, que ie ne puis comprendre!
Heureuse Eternité, tu dureras long-temps:
Mais rien ne dure trop à ceux qui sont contents.

SCENE SIXIESME.

DORANTE
reuenu de son extase.

QV'ay-je veu, Dieu du Ciel? ô prodige, ô mi-
　　racle !
Se peut-il voir au monde vn plus affreux spectacle ?
Mais est-ce par effet, ou si c'est en réuant !
Que suis-je deuenu ? suis-je mort, ou viuant?
Dorante, est-ce toy-mesme, ou quelque autre
　　personne ?
Est-ce l'ombre du mal, ou le mal qui t'estonne ?
Non, ie ne réue point, mon esprit est à soy.
C'est d'vn mal effectif vn veritable effroy.
Il n'en faut plus douter, Dorante, c'est toy-
　　mesme.
O supplice, ô terreur, ô chastiment extréme !
Doncques il faut mourir : Et nous ne sçauons pas,
Le lieu, ny la façon, ny l'heure du trespas ?
La mort frappe son coup, lors que moins on y
　　pense,
Les Papes, & les Roys n'en ont point de dispense.
Donc en ce dernier point, en ce triste moment,
On subit la rigueur d'vn estroit iugement.
Il faut rendre raison de la moindre pensée,
D'vne parole oiseuse, & sans fruict prononcée!
Le plus petit clein d'œil, la plus mince action
Trouue sa recompense, ou sa punition.
I'ay veu sur mon voisin fondre ceste tempeste,
Et ie ne craindray pas qu'elle écrase ma teste?
Pour vn petit plaisir, pour vne vanité,
Ie seray mal-heureux à toute eternité?
Au moins, si ce tourment auoit quelques limites:
Au bout de cent mille ans, si nous en estions
　　quictes ?

Encore ce seroit quelque soulagement,
Mais souffrir à iamais, tousiours, incessamment,
O iamais, ô tousiours, ô langueur effroyable!
Et tu veux pour iamais estre si miserable?
Helas, & qui pourroit, à moins d'estre insensé,
Ne craindre pas vn mal qui iamais n'est passé.
Pour vn plaisir si court, vne eternelle flamme?
Pour vn plaisir si court, perdre le corps & l'ame?
Pour vn plaisir si court, tant & tant de mal-heurs?
Pour vn plaisir si court, d'eternelles douleurs?
Non, non, Dorante, non, il faut estre plus sage,
Il se faut destourner d'vn si mauuais passage;
Il faut, si nous pouuons, eschapper ce danger:
L'Enfer n'est pas plaisant; il se faut mieux loger.
Pense donc, mal-heureux, à chercher de bonne
    heure,
Vne plus agreable, & plus saincte demeure.
Au moins, si dans l'horreur de cét infame lieu,
En perdant tout le reste, on ne perdoit pas Dieu,
Encore la rigueur en seroit supportable:
Mais perdre sans resource, vn objet tant ay-
    mable,
Ne pretendre plus rien à la Diuinité,
Estre ennemy mortel de cette Majesté,
Attirer ses carreaux, sa haine, & sa disgrace,
Estre indigne de voir vn rayon de sa face;
C'est l'vnique mal-heur qu'on ne peut supporter,
C'est l'vnique mal-heur qu'il nous faut éuiter.
Dorante, il faut aller dans ce lieu de delices,
Quand il faudroit souffrir d'innombrables sup-
    plices.
Adieu plaisirs mondains, à Dieu donc vanité,
Si vous me separez de la Diuinité.

SCENE SEPTIESME.

CYTHEREE, DORANTE, CHRYSON, EVTIQVE.

CYTHEREE.

HE quoy, Dorante, hé quoy, mon mignon, tu Elles le ti-
rêt par
detrie-
re.
me quittes,
Pourras-tu te passer de mes douces visites?

DORANTE.

Trompeuse volupté, n'approche plus de moy,
I'attends d'autres plaisirs.

CHRYSON.

Hé quoy, Dorante, hé quoy?
Tu mépri'es Chryson, son or, & ses largesses?

DORANTE.

Va meschant affronteur, i'attéd d'autres richesses.

EVTIQVE.

Ne me regarde pas auec tant de froideur.

DORANTE.

Garde tes dignitez, ta pompe, & ta grandeur,
Qu'il ne m'en reste pas seulement la memoire:
Mes desirs vôt plus loin; I'attéds vne autre gloire,
Vn feu plus épuré s'est saisi de mon cœur;
Il en est le Monarque, il en est le vainqueur,
Et ses lainctes ardeurs, qui bruslent dás mon ame,
En ont absolument chaisé toute autre flâme.
Ses rayons m'ont guery de mon auèuglement,
I'abhorre mes erreurs, & mon dereglement.
Dans les viues splendeurs d'vne telle lumiere,
Ie condamne à l'oubly ma vanité premiere.
La source des vrais biens à mon esprit offerts,

I iiij

Me force doucement à briser tous mes fers ;
Allez trompeurs appas, ie renonce à vos charmes,
Allez plaisirs mondains, faites place à mes larmes,
Allez sots instrumens de nostre ambition,
Filets tissus de baue, & de corruption ;
Allez source de maux, terre iaune, & recuite,
Metal ensorcelé, que l'Enfer nous debite.
Puis qu'il s'agit d'vn bien, ou d'vn mal eternel,
Ie ne veux plus de vous ; & fais vœu solennel,
A la face du ciel, & de toute la terre ;
De vous faire, sans fin, vne cruelle guerre.

Fin du cinquiesme & dernier Acte.

EPILOGVE.
LA MORT.

ON tient que ie feray l'Epitaphe du monde ;
Que ie le dois grauer sur la terre, & sur l'ôde,
Et me perdre moy-mesme aprés ce grand projet.
Cela ne se dit pas sans beaucoup de sujet.
Ie l'aurois desia fait, si l'heure estoit venuë,
Iamais autre qu'vn Dieu, ne m'auroit retenuë.
Mais enfin, tost ou tard, nous en viendrons à bout,
Et le monde apprendra que ie mets fin à tout.
Ie feray tout de bon, dans toute la nature,
Ce qu'à present ie fais seulement en peinture.
Au poinct que l'Vniuers sera prest à finir :
Au bout du dernier acte on me verra venir.
Pourquoy le desguiser ? il faut que ie le die ;
Tout ce monde visible est vne Tragedie.
Ie la termineray, Dieu l'ordonnant ainsi.
N'est-ce donc pas à moy de fermer cette-cy ?
Adieu. Nous nous verrons. Vous n'auez que l'i-
    mage.
Craignez la verité mille fois dauantage.

Fin de la Tragi-comedie.

Clef des Personnages.

MISANDRE. Represente le peché.

DORANTE. { La ieuneſſe agitée de diuers mouuemens, ſur le choix du party qu'elle doit prendre.

PAMPHILE. Le deſbauché.

CYTHEREE. La Volupté.

ZOSIME.
EVDEMON. { Les bons Anges.

PIRASTE.
POLEMON. { Les mauuais Genies.

CHRYSON. Les Richeſſes.

ANDROMIQVE. Le Chaſſeur.

EVTIQVE. La Fortune.

EVDOXE. La Renommée.

ASTREE. La Iuſtice Diuine.

HERMES. Le Predicateur.

La Scene eſt à Coſme, c'eſt à dire, par tout le monde.

Extraict du Priuilege du Roy.

PAr Grace & Priuilege du Roy. Il est permis à IEAN HENAVLT, Maistre Imprimeur & Marchand Libraire de cette ville de Paris, d'imprimer ou faire imprimer, vendre & debiter, vn Liure, intitulé, *Le Sage Visionnaire, Tragicomedie*, pendant temps & espace de dix ans. En faisant tres-expresses inhibitions & deffences à toutes personnes, de quelque qualité & condition qu'elles soient, d'imprimer ou faire imprimer, vendre & debiter ledit Liure, sans le consentement dudit Exposant, à peine de cinq cens liures d'amande, confiscation des Exemplaires, & de tous les despens, dommages, & interests : comme il est plus amplement porté par ledit Priuilege. Donné à Paris, le neufiesme iour de Septembre, l'an de grace mil six cens quarante-sept.

Signé Par le Roy en son Conseil, MYTHON,

Acheué d'imprimer le 13. Decembre 1647.

Les Exemplaires ont esté fournis.

nis
Mar
rimer
, inte
ant h
s et
rfor
elle
re d
udic
nde,
def
plus
a Pa
race

ON,